從小說看法律

古 松 —— 著

www.cosmosbooks.com.hk

書　　名　從小說看法律

作　　者　古　松

責任編輯　宋寶欣

美術編輯　楊曉林

出　　版　天地圖書有限公司

　　　　　香港黃竹坑道46號

　　　　　新興工業大廈11樓（總寫字樓）

　　　　　電話：2528 3671 傳真：2865 2609

　　　　　香港灣仔莊士敦道30號地庫／1樓（門市部）

　　　　　電話：2865 0708 傳真：2861 1541

印　　刷　亨泰印刷有限公司

　　　　　香港柴灣利眾街德景工業大廈10字樓

　　　　　電話：2896 3687 傳真：2558 1902

發　　行　香港聯合書刊物流有限公司

　　　　　香港新界大埔汀麗路36號中華商務印刷大廈3字樓

　　　　　電話：2150 2100 傳真：2407 3062

出版日期　2020年4月 初版・香港

目錄

莫泊桑傑作給法思的課題
——以〈弒親〉和〈醉鬼〉為例

　　〈弒親〉和〈醉鬼〉是法國著名小說家莫泊桑的短篇小說。它們不約而同談到：殺人是否就只有謀殺一種可能？

　　莫泊桑 1850 年生於法國諾曼第阿爾克村富裕的市民之家。在世界文學史上，他是位光輝耀眼的作家，他的光芒並未隨時光的流逝而暗淡，特別是他的三百多篇短篇小說，更永遠鐫刻在幾代讀者心中。他的小說結構縝密，佈局細緻，刻畫心理入微，對人性的觀察和生活實質的透視，都令人歎為觀止。莫泊桑終身未娶，但他的愛情生活浪漫出奇，也許這正是他筆下芸芸男女眾生色相的取材之源。

　　1870 年，莫泊桑曾赴巴黎研習法律，卻因普法戰爭而中斷。戰後公務員的生涯令莫泊桑深感拘束，於是他開始參加文人聚會，經常與作家福樓拜來往，並獲得福樓拜的支持，在報章雜誌上發表一些評論，而漸漸受到文壇重視。

莫泊桑屬於自然主義派別，主張遵從一定的自然法則以探究人的心理與情感，這點使他在思想上與左拉極為接近。1883年至1885年間，是莫泊桑創作力最強的時期，平均每週有兩篇短篇小說發表，其中相當部份的主題都多少與法律扯上關係。像〈弑親〉與〈醉鬼〉就對法思提出了質疑。不知是否由於構思作品過度操勞，1892年，莫泊桑的思維陷於狂亂狀態，自殺不遂，被送入精神病院。1893年7月在醫院病逝。

一、〈弑親〉

〈弑親〉說的是：一日早上，塞納河附近小鎮蘆葦叢中，發現擁抱在一起的中年男女屍體，身上財物保存完好。檢查證實，死者是被尖銳的鐵棒之類擊倒後，再從堤岸扔進河裏的。這樁「謀殺」案的動機何在？背後隱藏着甚麼秘密？

案子看來毫無頭緒，動機無從猜測。兩死者都是上流社會人士，很有錢，特別是女的，三年前成了寡婦，去年才剛與舊戀人再婚。正當大家一籌莫展的時候，鄰村一個年輕木匠、綽號「城主」名叫路易的人，出來自首了。他說兩年前，死者開始常來委託他製造或修補家具時才相識的。控方問幹嗎要殺他們？路易只是簡單回答說：「因為我想殺他們，所以就殺了。」控方調查他的背景，發現他是個私生子，最初被寄養在村子裏，後被遺棄。他選擇做木匠，並靠着自己的努力，成為出色技工。路易的性格非常容易激動，村民都說

他站在共產主義和虛無主義那一邊。律師以「瘋狂」為理由替他辯護。莫泊桑首先將一個人的性格和熱情的共和主義者掛了鉤，並藉律師之口，在庭上用宏亮的聲音陳詞：

> 這不正是諷刺嗎？⋯⋯我們共和國從前處以槍殺和放逐，現在則展開雙臂予以歡迎的政黨⋯⋯現在公開的集會中，用鼓掌來歡迎的這種可悲的主義，把他推進了毀滅⋯⋯他的靈魂失常了，他要血——要全權階級的血。⋯⋯各位，必須接受處罰的不是他，而是政治團體。

這段話就像是說明殺人的士兵不該有罪，有罪的是政客。律師是想用精神失常來為他殺人的動機辯護，當時庭上的檢控官也沒有提出反對。當法官問被告是否有話補充時，被告強而有力、率直、宏亮的聲音改變了庭上各人對這看來瘦小屪弱的青年的觀感。他這樣說道：「法官大人，我寧可被送上斷頭台，也不想進入精神病院，所以我要全部坦白說出來。」這一點亦可說明，一個精神健全的人被錯判入精神病院，簡直比坐牢更可怕（只要看過積尼高遜主演的《飛越瘋人院》，就可明白）。莫泊桑早就知道，要辯護，除可以精神錯亂為理由之外，還可以某種極端的信念，引致被告在激動下殺人，而後提出「謀殺」。但在此案這看來並不太適合，應該還存在很多關於殺人動機的爭議，例如「誤殺」是否比較適合的罪名呢？還有進一步說是「可原諒的殺人」呢？或是自衛呢？被告要求讓他說完後才審判他。他接着

說，一個女人生下了他，寄養在人家，最後孩子去了哪裏她
一無所知，但那孩子從此不幸地成了不名譽的「私生子」，
過着瀕臨死亡的悽慘生活。他的奶媽為了養活他而挨餓，最
終死去。孩子被人當垃圾般丟在窮鄉，常被欺凌，幾經苦難
才活下來。賦予他生命的人才應受譴責，生命對於他來說
就是不幸。他們耽溺在利己的快樂時，意外地生下了孩子，
卻又將之拋棄，實際上他們等於謀殺了那個孩子，他們算得
上是父母嗎？生命是恥上加恥。當他知道他們找他工作是要
彌補的時候，他也嘗試去愛他們。但他們為了地位聲譽，拒
絕承認自己的父母身份，還說他是瘋子，要認他們作父母，
只是為敲詐他們。他們這樣對他叫道：「你這個無賴，想要
勒索我們金錢……下等的貧民……我要控告你恐嚇和施加
暴力，送你進監獄。」這時他心想：「我只能目送他們在黑
暗中消失。……突然間，憤怒與憎恨，可怕與悲哀，滲進了
我的心頭，也就全身激昂……」於是他靜悄悄地跟着走到河
岸。聽到他母親哭着。父親卻說：「都怪你，自己不露面便
行，既然無法承認那孩子，冒着這樣的危險……」他聽罷飛
奔到他們面前：「你們已經拋棄過我……還想再……拋棄
我一次嗎？」接着父親揮拳揍他。他一把抓住父親的胸口，
父親從口袋裏掏出了手槍，於是這個不被認回的私生子眼前
一陣發黑，拚命掙扎，正好口袋裏有一把工作用的定規，他
就取出來全力反擊。那時候，他的母親抓住他的頭髮大叫殺
人。之後，他察覺自己連那女人也殺了，就想也沒想，將兩
人扔進塞納河裏去了。

莫泊桑安排主角在庭上作了史無前例的剖白,自然令法官及所有人士震驚,因而只能將判決押後。莫泊桑這樣的安排,就是要讓讀者來判定:主角是否有罪?

〈弒親〉是一篇成功的小說,故事簡短,將私生子路易性格的激進,對冷酷和自私的父母的極度憤怒,直率鋪陳,這就有力證明他是在失控的情況下殺人,並非早有預謀,頂多是誤殺。身上的定規說是他工作上的用具,合乎邏輯,不能作為事先帶備工具行兇的指證,再加上路易父親先掏出手槍,路易在自衛的情況下拿出定規還擊,也是合理的反應,他母親失控,拉扯高叫,都是刺激路易的因由。法庭需要在所有合理疑點之外才能將他定罪,不能有絲毫猶豫。莫泊桑讓讀者來代替法官判案,結果會不會是一面倒同情私生子路易呢?

二、〈醉鬼〉

〈醉鬼〉說的是另一個故事。莫泊桑質疑人在不知情、在完全不知道自己在做何事的情況下,有所動作,引致他人死亡是否需要負刑責呢?對自己的行為負責,是理所當然的,但假若完全無意識,完全不知道自己的所作所為而獲罪,那是否又對被告人公平呢?精神科專家指出,飲酒過量而爛醉,部份人會出現失常行為,酒醒後可能記不起做過甚麼。2012 年 1 月 14 日,香港就發生一樁酒醉失常弒父的案子,被告用摺櫈重擊父親,被告行兇後昏睡,被捕時斷言不

知發生何事。沒有兇器，被告用的是家中的摺櫈。這不是預謀的案件。莫泊桑的多篇涉法短篇小說，都有精心的佈局。

〈弒親〉讓人同情私生子的不幸。〈醉鬼〉也是一樣，主角傑勒米一直被友人及酒吧老闆瞞騙，他們合力使他幾乎每天都喝得爛醉如泥，然後其他人到他家裏與他妻子鬼混。這天亦然，酒一直斟個不停。雖然傑勒米嚷着要回家，但酒吧老闆老是請客。醉酒的人哪有承認自己醉的呢？直到適當的時候，老闆和友人才讓傑勒米回家。傑勒米舉步踉蹌，搖搖晃晃到了門口，卻找不到鑰匙，只得握着拳頭用力敲門，他醉靠門上，突然門打開了，他一下子失了支撐，滾進家門內，迷迷糊糊的，他感到好像有很重的東西踏過他身上，向黑暗中奔去。他嚷着問老婆那是甚麼東西，老婆沒有回答，喝下去的酒在發酵，心中疑心與怒火一併爆發，簡直就像在血管裏燃燒，並向全身奔跑。他跌跌撞撞地摸到床邊，觸到老婆尚暖的身體，更加大怒質問老婆幹嗎不回答？但依然沒有聲響，他氣瘋了，以水手有力的手腕，順手拿起椅子用力砸下去，果然有了淒厲的叫聲，跟着很靜。但傑勒米仍大口喘氣、拚命使勁、不斷質問，接着他筋疲力竭倒在地上，立即進入了夢鄉。

天亮後，傑勒米還躺在地上，鼾聲如雷，地上散滿椅子殘骸，床上則躺着他那血肉模糊，像一團粥似的妻子。這篇小說的風格，一如莫泊桑其他短篇一樣，也是留給讀者去作結。那我們也不妨根據小說來分析一下。莫泊桑曾短暫修讀過法律，當然擁有一般搜證的常識和法律的思維。他首先給

讀者一個同情傑勒米的機會，他好像是受害人似的，被人戲弄，村內幾乎所有男人都知道傑勒米酒醉後他妻子的所為，似乎都懂得利用這個機會去和他妻子鬼混。男人故意請他喝酒，酒吧老闆串謀灌醉他，好讓其他人（未知有否收受利益）有足夠時間與其妻歡好，讀者看到這樣的小說佈局，能沒有一絲兒同情傑勒米的心嗎？回頭看看，傑勒米醉成那個樣子，是根本無法理智地控制自己的行為的，再加上頓起的疑心，有感於妻子的不忠，在雙重情緒的影響下，一股腦兒亂打，根本不知道幹甚麼，然後醉倒不省人事，也屬意料中事。這種案件只能以「案情事實」（Facts）來作判斷，並沒有其他佐證去證明傑勒米有殺人的動機，況且現在本港和內地對「動機」（Mens rea）在法證上都很重視。像前年內地一樁殺人案，被告有夢遊症，醒後發覺睡在旁邊的兩位友人滿身鮮血死亡。警方在他報案後偵查，發覺是他所為，但被告毫不知情，其長期夢遊症狀亦能作出舉證。最後法庭判他無須負刑責，但需作出賠償。若明知自己所作所為是違法，會構成刑責，則不能以此作為辯護理由了。所以較為適合的做法是控告傑勒米「誤殺」，最低限度他應該明白喝醉酒的後果，在法律上飲酒失控，是（Self-induced）行為，即屬個人選擇而造成，需負上刑責，就像醉駕一樣，斷不能以喝多了作為免責辯護，再加上傑勒米懷疑妻子不忠，撞破姦情，這一刻的憤怒，亦是引致失控的情緒爆發，加上酒精，傑勒米明顯地已沒法控制自己。這些行為已超出正常人能自控的指標，以「誤殺」作為控罪，案情本身已經足以使傑勒

米獲罪的了。

　　相信莫泊桑要提示讀者的是：對自己所作所為一無所知，是否需負刑責？這樣去定罪又是否恰當？法律的原意本來是好的，但狡猾的罪犯，又常以不知情作為辯護理由，濫用司法。莫泊桑三百多篇短篇小說中，不乏對法律灰色地帶作出提示的篇章，他沒有明確表達自己的意見，給讀者留下討論的空間。

譯文見蕭逢年譯《莫泊桑短篇全集》，台灣志文出版社，1997 年。

法官，你是智者

庭審就像在暮色中摺疊

殘缺的真理依然是

片片瑣碎的呢喃

左方和右方的嘮叨延生

千回百轉的疑慮

白了頭上的假髮

老了是矇矓的雙瞳

孤單的盡頭沒有人舉起燈火

你只能在漆黑中摸索

浩瀚的法律許是一片無奈

沉溺在灰色的地帶中掙扎

左手和右手已無從分辨

真理在破碎中越行越遠

證人枱上每一幕都是震撼

粉飾過去的影帶回轉

反覆地播放一連串的謊言

似是而非的每一段落
讓高台上下都成了輸家
然而你的智慧依然在燃燒

好不容易你將苦澀撿拾
每一個詞彙充滿忐忑
原來裁決是何等辛苦
無知的謾罵聲中你抬頭看見
被強暴後的法律
卻屹立依然

控辯雙方均護法
——也談金牙大狀清洪的《護法》

　　《護法》是著名資深大律師清洪 2008 年出版的半回憶錄。說是半回憶錄，乃因「金牙大狀」[①]寫的多半是三十年來與法律有關的人、物、事；沒有多少談及他自己、他的過去、他的感情。

　　《護法》通過清洪親身的經歷，用平和、感性又幽默的文筆，忠實記錄了香港法律界的人和事。無論讀者對法律有無興趣，都可以把它當作一本散文作品來閱讀。從每一篇獨立文章，讀者都能領略作者輕鬆、實而不華的文風，看他如何娓娓道出司法界嚴肅的故事。

　　和清洪認識是三十多年前的事了。俗語說「不打不相識」，我們曾經分別代表控辯方，在法庭上針鋒相對；結果，彼此多了一個朋友，惺惺相惜。清洪英語嫻熟，與唸文學出

身的一流作家不遑多讓。他詞鋒犀利，滔滔雄辯，對修辭有極高造詣。今年香港大學開辦的法律與文學雙學位課程，看來應該考慮敦聘這位金牙大狀開金口了。

《護法》一書顯示了清洪的生花妙筆，字裏行間並沒有太多法律用語，讀者讀來不用太花腦筋，卻又能領略閱讀的樂趣。資深大律師駱應淦在序中就這樣寫道：「偉大的卡拉絲[②]倘有著作傳世，我不相信其語辭樸實而韻味雋永，情感真摯而又不無幽默語言的風格，可與我摯友清洪在此書所揮灑自如者相媲美。」此書除補述司法界過往三十多年的「瑣事」[③]外，對想了解「神秘的」司法界的外行讀者而言，也是一本不可多得的充滿可讀性的散文著作。

2008年9月，我收到作者贈《護法》一書即挑燈夜讀，內容既熟悉又新穎，書內用樸實輕鬆文筆描述的人與事，與裁判法院有關連的，我大都經歷過。那些「好官」[④]清洪都能生動地描述，稍為可惜的是，這段期間（清洪書內描述的是從七十年代尾至今）頗有不少華洋法官，脾氣暴躁，在庭上對控辯雙方都極盡奚落之事，《護法》一書卻無交代。這一點是容易理解的，到底抑惡揚善是一種美德。事實上，世界文學作品中，也不乏對軟弱無能的法官大加鞭策的例子，這些法官的窩囊相，與老百姓期望極不相稱。例如意大利作家卜伽丘《十日談》筆下的理查·第·欽齊；當代法國著名作家羅歇·瓦揚長篇小說《律令》裏塑造的末等法官阿勒德羅，二位都是軟弱無能，有法不依的執法者。契訶夫小說《不必要的勝利》裏的三名法官也全是無能之輩，還有俄國

名詩人、作家普希金的小說《杜布羅夫斯基》裏的沙巴什金是一位助紂為虐的法官，捏造事實，誣陷良民，玩弄法律。

慶幸的是，在清洪《護法》書中涉及的年代，都沒有這類法官；可脾氣暴躁，但求「半日安」的仍有不少呢！看來過往一些不愉快的經歷，真的要待清洪寫自傳的時候才能一窺全貌了。⑤此刻我們只能通過《護法》一書，了解作者在執業的歷史過程中，仍不失為一位有血有肉的法律工作者。作者描述「藍山」韋義信裁判官（時為首席裁判司，現稱主任裁判官）時，對韋官備極尊崇，這一點我是極為同意的。1982-1983 年我曾任韋官第一庭主控，其中有兩件事的判決，足以證明清洪對韋官的描述不偏不倚且真實無訛。第一件事是一宗「鑊仔牛柳」（與未成年少女發生性行為），被告亦未成年，只不過比女童大幾個月。這些類似的案件，大多是早熟少年男女在情到濃時失控造成的，與其說女童是受害人，倒不如說男女童都是社會教育不善的受害者。男童在庭上認罪，韋官判他接受感化之餘，更苦口婆心對男童說：「這件事本身不是壞事，你只是早做了不應現在做的事。」他在判決之餘，還擔當了心理輔導的角色。另外一件事是一個少年把別人的 BMX 腳踏車騎去玩了。韋官在閱讀報告後，得悉該少年極為家貧，剛好那時候 BMX 流行，他很想一試。但他確實犯法，韋官還是定了他罪，判他接受感化；卻在翌日晚上，帶同一部他自資購買的 BMX 腳踏車，親自送到該少年住處。像這樣感性的法官，有點像包青天，現在看來是鳳毛麟角了。已去世的高院前首席法官梁紹中，在序言中也

曾這樣說道：「作者也讓讀者重新認識和緬懷那些為秉持香港司法公正，鞠躬盡瘁的法官和裁判司，我們並不會因為他們偶爾發發脾氣或一些乖僻行為而忘記了他們在法庭上的仁慈、才智和耐性。」韋官雖然在庭上使控辯雙方都提心吊膽、不敢怠慢，像是諸多挑剔，但卻將司法的精神，發揮得淋漓盡致。在《護法》一書中，清洪這樣描寫了韋官：「他素來宅心仁厚，對貧苦大眾照顧有加，尤以小販為然……他判案公正，使人們對他敬佩有加……」

當然我對《護法》內人物的描述，也有不同的理解。首先對書內插頁（第 64 頁）內註文：「我相信，我得以在這類案件中獲勝，主要多得這些年輕單純警務人員的謊言，其次就對這類表面上沒有受害人的案件來說，大多數裁判司都不同意控方提出檢控。」在回應好友清洪的評論前，我需先申報「利益」，我雖然由 2008 年到現在均任警察學院的榮譽顧問，但從未對警察有偏幫。清洪這樣的評論的確是過份了點，五六十年代我不敢說，但從七十年代末，警察的素質提高了很多，卻是不爭的事實。現在幾乎是中學沒畢業的根本就很難進入學堂，警察內部有博士學位的就有不少，例如港島區指揮官卓振賢博士，總部內總警司張靜博士等。我的意見是「年輕單純警務人員」更不懂說謊，警察也是人，也是公眾一分子，他們在證人台上的表現與公眾一樣，也是戰戰兢兢的。有時被問到一些似是而非的問題，硬著頭皮回答，這可不是謊言。總不能因為案件被判無罪而歸咎於年輕警員說謊，一如裁判司馬殊（第 67 頁），在判被告無

罪後，謬言建議警方應該派一些「性無能」的警員到色情場所「放蛇」（臥底），這樣以偏概全，對維護治安的執法人員是不公平的。至於第二點起訴色情場所，清洪說因為通常沒有受害人，裁判司通常不同意控方起訴，這一點，我也認為有商榷餘地，起訴與否是律政司的權責。這種案件「受害人」是「公眾」，起訴也是公訴。很多刑事案件不一定會找到受害人，但總不能對犯罪者視而不見；也不能說事主口袋根本沒有錢，就不能告被告人「打荷包」[6]（Attempt Impossible），類似的案件例子很多。

清洪在書中提及的一件事倒是千真萬確。書裏（第70頁）提到，由他代表的灣仔色情架步，十三次皆勝訴，第十四次轉由另一大狀代表卻逃不過被判罪名成立的厄運。我要補充的是，自從馬殊的評論見諸英文《南華早報》後，控方極度不滿該評論，曾向司法部反映，接着個多星期後有另一同類案件在馬殊法官庭上聆訊，被告聘請了外籍姓林大律師代表（現為資深大律師），林大律師能言善辯，案件與以前案件類似，都是警察放蛇。筆者臨危受命，正是該單案件的主控。但結果截然不同，三名被告均被定罪，並被判即時入獄四至六個月。[7]截然不同的判決，至今還是令人有點摸不着頭腦。

和清洪直接對壘的一單色情場所案件，是1984年前後在南九龍法庭（現加士居道土地審裁處）開審。法官是（Gleave）學者型法官，不苟言笑，記得庭上與清洪有點爭論，他的當事人投訴案件審訊中，警察夜間再度前往查牌，

並將汽水傾倒地上，有恐嚇之嫌；筆者回應，審訊非免戰牌，再度前往查牌，更與本案是兩回事，不能同案聆訊，最後被告等成功被定罪。作為被告的辯護律師，清洪是絕對稱職的，案件能否成功檢控，被告能否脫罪，除了主觀與客觀的因素外，證人（包括被告人）的證供是相當重要的。這又使我想起了與清洪在新蒲崗法庭（現已拆卸建成譽・港灣）對壘的一單「露械」案。被告是政府高官，接近退休，案情指他在巴士上對鄰座女子露械（暴露性器官）。審訊當日，被告妻子、女兒出庭，舉止衣着均高貴大方，令人感到意外。證人（受害人？依清洪說那不大算是受害人？）在證人台上帶控方「遊花園」（轉來轉去，迴避問題），無論控方怎樣詢問，她只說看到被告內褲顏色，沒法說到被告將性器官暴露於外，與她向警察報案時說看到被告將性器官從褲子內拿出玩弄完全不一樣。這樣的證據當然不能將被告定罪，案子無須答辯（表面證據不成立），被告當庭釋放，被告妻女隨即跪在地上，高聲多謝法官大人、律師大人和主控大人，把我弄得尷尬萬分。清洪全勝，而我一時呆立，考慮是否要控告證人浪費警方人力呢？

清洪很多徒弟都與我相識，他們對師傅的辯才都讚不絕口。清洪每到我駐守的法庭，都必定來我辦公室喝杯咖啡，談古董，談英國。他對英國文學的修養淵博，我常游説他寫稿，他都因忙拒絕了。他八十年代初曾任暫委地院法官，當時我就在南九龍法庭（九龍地方法院在旁，亦即今勞資審裁署），他審案完畢後，都走過來閒聊，很多時候得意地説，

被告人的「伎倆」早就被他當律師時的經驗拆穿，最後當然將被告定罪了。從這一點看來，清洪是人在其位盡其能，並沒有一絲兒苟且，他在護法倒不是虛談。

清洪的文筆很不錯，他曾先後替英國《衛報》、《遠東經濟評論》及《亞洲週刊》撰稿。大法官梁紹中說，清洪妙筆生花，所描寫的人物能栩栩如生地呈現在讀者眼前。例如：他寫李安瀾按察司是「……公義的化身……他那老虎狗般的急躁，多變的脾氣……」；寫「紀斐士雖然年事已高，但為人宅心仁厚，行內人習慣暱稱他為老紀……舊派的裁判司，不會野心勃勃地為自己仕途謀算，只是專心一意地維護司法公正……」；寫「藍山韋義信……素來宅心仁厚，對貧苦大眾照顧有加」。香港大學法律系委員會主席韋健生教授說，清洪筆鋒凌厲，視野嶄新。他以充滿含義、意象的筆觸，展示對司法公義的渴求及人生觀，資深大律師駱應淦也這樣寫道：「……眾所周知的生花妙筆，以漫談式的幽默筆調重塑了司法界一個年代的逸事。」

《護法》同時以中英文出版。清洪的英文文筆，毋庸置疑；有人也許會問，中文也是清洪自己寫的嗎？清洪毫不諱言，他的中文版本是經過他僑居加拿大好友鄒連鴻潤飾的。但清洪的中文並不差，他的普通話，比很多港人「靈光」得多。記得數年前，中華文化總會舉辦基本法徵文比賽，清洪和我都是大會評審之一呢！

若要回首昨天與清洪「干戈」相向的日子，有說不完的故事，現在裁判法院的同事，已較少有機會跟資深的大律師

對壘。清洪替被告人申辯，替無辜的人辯護，也為有罪的人求情，偶或在聆訊時別無他法，唯有挑出疑點，為被告人開脫，這當然是維護法紀；但同樣地，警察維持治安、法官聆訊案件、控方警惡懲奸，將觸犯法律的人繩之以法，何嘗不是在護法呢？

---

① 清洪鑲有金牙，此乃其暱稱。
② 卡拉絲，歌劇界演繹花腔著名演員。
③ 正式的司法記錄是《法律彙報》。
④ 「好官」不論定罪率高與低，都能耐心聆聽，讓控辯雙方將案情充份表述，並且保持不偏不倚。
⑤ 清洪在《護法》中曾表明，距離他寫自傳還有很長的日子。
⑥ 〔R V Lee Shek〕HKLR 案例。
⑦ 案件在銅鑼灣法庭開審，由馬殊法官聆訊，見 1983 年 6 月 24 日《南華早報》。

庭外

庭外一連串的謾罵

撕裂了的昨天和明天

橫亙在黃與藍的溝壑上

千年來重塑的法制牌位

在垂死中不停地痙攣

分化的社會滿是無知的叫囂

痀瘦的軀殼迅速變老

聲嘶力竭中竟然是

死活自負的銅臭

是誰在販賣歲月的蹣跚

群眾的眼眶是一片空茫

說不出為啥而來，為啥糾結

無論庭內的判決孰是

盲目咆哮依然穿過身軀

蹂躪只剩下那丁點兒的和諧

躲藏在黑暗角落的狼群

啖着庭裏庭外的嘆息
在嘲笑，在揮霍

蟠龍古道尚有提燈的人
瞎了雙瞳，披着袈裟
在熙來攘往的人潮裏打拼
法制的輪迴裏有火鳳凰升起
就算失落在前，坎坷在右
所有的謾罵愚昧無知
你仍然抱着痛苦無畏無懼
照亮你和我的前世今生

從《獄中記》看王爾德的判刑是否咎由自取

　　《獄中記》是王爾德在牢中的書信集，大部份篇幅是刑滿釋放前寫給阿弗萊德・道格拉斯（別名波西）的一封長信。原信件並沒有交到「波西」手裏，而是由監獄長代為保管，到王爾德出獄再予交回。王爾德第二天便將信件交給了他的遺囑執行人羅伯特・洛士。此後王爾德沒有再看過這封信。羅伯特・洛士後來將一份複寫本交給了「波西」。據說「波西」並沒有看過這封信，他與王爾德的感情愛恨交織，信件直至王爾德死後才由羅伯特・洛士交出版社出版，這就是我們今天讀到的《獄中記》了。

　　直接導致王爾德入獄的，是他與道格拉斯——也可稱為他的「同性戀」夥伴——的關係。（當時英國尚未有同性戀這名詞）十九世紀末的維多利亞女王時代，英國上流社會新舊思想的衝突激烈，王爾德的自由不羈作風和他大膽的

言行，都使守舊的上流社會為之側目，而他與道格拉斯（波西 Bosie）形影不離的交往、奢華的生活，引來的不是羨慕，而是有傷風化的指責。道格拉斯的父親昆詩貝理侯爵，因兒子與王爾德的交往而極度不滿，命令兒子立即離開王爾德，但兒子拒絕，並與父親交惡。侯爵於是控告王爾德「有傷風化」（Indecency），雖然法庭對王爾德的行為不以為然，但仍因證據不足而判他無罪。作為兒子的道格拉斯卻慫恿王爾德控告侯爵「誹謗」。誹謗最重要是指對別人作無理據、不真實的指控，如果證實對方確有其事，這指控當不成立。這時候（1855 年）苛刻的刑事法庭修正案第 11 部份獲正式通過，侯爵再以「與其他男性發生有傷風化的行為」（Committing acts of gross indecency with other persons）將王爾德再度帶上法庭，這一次的控罪與前（肛交／雞姦）不同，審判一開始就對王爾德不利，清教徒式的維多利亞時代的道德、法律，歷來厭惡違反自然的行為。所以陪審團和法官在審判一開始時就帶有某種信徒式的狂熱，欲置王爾德於死地。最後王爾德被判罪名成立，在雷丁和本特維爾監獄服了兩年苦役。王爾德的唯美主義亦告一段落。家人和朋友大多離開了他，只有蕭伯納寥寥可數的幾個朋友仍對他不離不棄。

　　本文並不是要討論王爾德的文學成就。他的天才，各類型出色的創作，絕無疑問，現只從他獄中寫給道格拉斯（王稱他為波西）的書信裏，檢視這兩年的苦役，是由於他的行為招致妒忌，被人陷害，還是咎由自取？這些書信均是王爾

德內心的表白，在冷靜的環境中寫的，應該能真實地表露出一些端倪。我們就試從下列幾個角度來研究一下。

社會行為

1881 年，王爾德將在牛津大學時的作品結集出版，名為《王爾德的詩》。詩集一出版，毀和譽紛至沓來，他卻一躍而成為唯美派的年輕詩人。他應邀赴美演講藝術，然而美國人要看的不是他的衣着品味，或他所談甚麼英國的文藝復興，而是要看看這個特出、獨斷、我行我素的時代怪人的真面目。他才華橫溢、放浪不羈、揮霍無度，漸漸入不敷支，開始賤價出賣自己。而一些評論家亦對他大加鞭笞，斷言狄更斯赴美的演講，遠比王爾德成功。其間王爾德曾一度翻身，但他那追求奢華的生活，使他很快再墮入感官享樂的深淵，特別是他與道格拉斯的同性親暱關係。他的身邊聚攏了一大群與他地位、趣味相投的青年，日夜宴樂，奢侈放縱，因而他被維多利亞時代衛道之士指責為同性戀者的領袖，道德敗壞者。王爾德錯誤地以為，自己藝術上的巨大成就能使他免受道德、法律的束縛。他將自己同性戀的行為說成了追求實現美的方式。王爾德的入獄，是與他跟社會、道德的這種對立分不開的。王爾德自己就曾經這樣說過：「我的一生有兩大關鍵點：一是我父親把我送進牛津大學，一是社會把我送進監獄。」

同性戀人行為

　　直接導致王爾德入獄的，是他與道格拉斯的同性戀關係。王爾德與道格拉斯在牛津時已認識，離校後更形影不離，同樣的愛好、同樣的奢華、同樣耽溺於享樂。王爾德對道格拉斯是愛恨交織的，王曾經有每年八千英鎊的收入，差不多都花在道格拉斯身上。道格拉斯在《王爾德與我》一文中，就曾經承認，每星期單是三餐已平均用去四十鎊，即使與當時倫敦上流社會的生活相比，這也是極奢侈的了。再加上午後四時豪飲至凌晨三時，始終保持生活上的唯美心態，顯而易見，這兩個年輕人對頹廢的生活樂此不疲。當道格拉斯的父親插手干預這種交往時，道格拉斯拒絕了父親的好意，並惡言相向。這就直接引起侯爵不滿，訴之法律。本來第一次的訴訟失敗後，事情或可暫告一段落，但道格拉斯竟然慫恿王爾德反告父親，終弄至不可收拾的地步，給社會衛道之士帶來機會，因此毀滅了王爾德和他的家庭，也讓這天才像希臘悲劇英雄般走進了絕望。兩年的牢獄生涯對王爾德的精神和肉體的打擊不言而喻。出獄後，他身無分文，帶着悲傷的畫像，流浪到法國，成了乞丐藝術家；為了生活，他不得不四處借債度日，甚至為了生存，不惜欺騙親友。1900 年 11 月 30 日，王爾德在巴黎一間旅館去世，至死都沒再回英國。

咎由自取行為

　　第一次審判因證據不足，被迫判王爾德無罪的人，這次看到王爾德自己送上門來控告侯爵「誹謗」，都禁不住欣然大喜。在法庭上，王爾德的生活、作品，尤其是他寫給道格拉斯的有傷風化的字句，一下子都成了呈堂證據。王爾德在庭上的態度亦欠佳，他大罵法官、陪審團是「畜生加文盲」，他的這種脾性只會增加其量刑。而且，王爾德還一直在維護道格拉斯，他明知道格拉斯的兩大缺點：一是虛榮心，二是奢華揮霍，還是不能抽身而退，直至破產及入獄，才在給道格拉斯的信件中檢討自己。而道格拉斯對王爾德只是一個掠奪者，可能根本沒有「愛」；他甚至將王爾德寫給他的信，隨手扔在旅館，終被他父親撿去，作為控告王爾德的罪狀證據之一。在審訊期間，王爾德還得替道格拉斯付外遊旅館費用、賭場欠債和保持奢華生活的一切開支，這不是有點咎由自取嗎？當王爾德開始明白審訊不可能取勝時，朋友勸他到國外暫避，道格拉斯卻怕失去生活支柱，硬要王爾德留下，迫使王爾德在審訊後期要厚着臉皮應付厄運乃至入獄。王爾德自己亦知道兩個人的「罪孽」已由他一個人來承擔（第41頁），他也清楚了解在任何一次審判中，他都可以以道格拉斯為代價救出他自己，事實上，這不僅可以使王爾德免遭羞辱，而且更不必受牢獄之災。如果王爾德願意向法官指明：法庭上的證人——三個最重要的證人——都被道格拉斯的父親和他的律師精心訓練過了（Rehearsal），甚麼時候保

持沉默？甚麼時候斷然起誓？甚麼時候將罪名推到王爾德頭上？這一切看來都早有預謀，只要王爾德在庭上指出，那些證人非但證供肯定不會被接納，還將會被控「發假誓」、「妨礙司法公正」及「偽證」等。這樣，王爾德的無罪判決會比第一次審訊來得更快，他可立即成為自由人。但王爾德沒有這樣做，他在信中解釋道：「⋯⋯若我以那種手段來保證自己被宣判無罪，那我會受到一生的折磨。」從以上幾點來看，認為王爾德在證人台上說了真話，或者只說了部份真話，並非事實的全部，都確實有商榷的餘地。如果王爾德在發過誓後，仍然為了某些原因（為道格拉斯？）沒說出事實的全部真相，那不是咎由自取了嗎？至於他為何這樣做，評論家都一致認為，他對道格拉斯仍然存着愛，糾纏不清。他在獄中寫給道格拉斯的一連串信件，依然是愛恨交織。在服刑期將滿時，他筆下更露骨的稱呼道格拉斯是「只屬於我自己的親愛的寶貝」。愛情不論是異性或是同性的，都是盲目的啊！這一點王爾德不是不知道，只是沉溺於愛慾之中，他無法抽離。

本文譯文參考孫宜學譯《獄中記》，廣西師範大學出版社，2000 年。

阮雲道——南九龍法庭

（阮雲道資深大律師，退休前為原訟庭法官）

至少有一半的記憶來自南九

加士居道有你和我的對弈

高台下你頂住了半邊天

我只能彳亍在聆訊的岔路口上

在 Warner Banks 傲慢質詢中沉默

你沒有在我謬誤中踐踏

卻在我忐忑中送來從容

這是一個世紀，一個千禧中

絕無僅有的公平審訊

時間在五天的聆訊中迷惑

一個初出道者的步伐蹣跚

反覆摺疊拍打我的記憶

庭外每一根羅馬巨柱屹立

對峙中你的笑容依舊燦爛

今日，我步過南庭

你的眼神依舊雀躍

雨果通過《悲慘世界》揭露刑罰的不平衡

不管是甚麼法律年代，不管是在「王法」或是獨裁的法律制度下，假若為生存偷了一塊麵包，而被判坐牢十九年，看來都是匪夷所思。雨果的《悲慘世界》（或譯《孤星淚》）敍述了雨果對當時刑罰問題和法律制裁的看法。上世紀英國有一位統計家說過：在倫敦，五件竊案裏，有四件直接由飢餓引起。這些「題外」話意在提醒讀者注意：偷竊不僅由於飢餓，背後有更深層次的社會原因，也就是說，犯法的成因是多方面的。雨果通過寫金・伏爾金因偷麵包而坐牢十九年的悲劇遭遇，揭露法律的不公平——在社會財富的分配上不公平、輕罪重罰的方式不公平，對此感到無奈。莫泊桑的〈乞丐〉也有類似的描述。

《悲慘世界》的主角金・伏爾金（也譯作「冉阿讓」）因家貧而又需養活一家七口，偷了一塊麵包，被判五年苦獄，多次逃獄不成加刑至十九年。出獄後，由於有案底而廣

受社會唾棄；為了生存，只好偽造身份，後來遇到主教而改變了他的下半生。他捨己為人，撫育別人女兒，最後得成正果。《悲慘世界》的成功，不但道出社會的悲慘一面，更指出法律對窮人的不公、釋囚被社會唾棄的茫然等。它是雨果的代表作應無異議。從雨果的作品中，讀者可以認識到他的法律思維。他認為社會上存在兩種法律：高級的法律是仁慈和愛，它可以減少罪惡、恢復良知、改變社會；低級的法律是刑罰，它依靠懲罰阻嚇，有可能只會增加犯罪的機會。在書中，麥里歐主教用道德感化、博愛喚醒了金‧伏爾金的良知，使他成了真正的人，體現無形的高級法律精神。而後者的代表是警官傑佛特，他如獵狗般追蹤金‧伏爾金（他懷疑金‧伏爾金偽造文書，改變身份），迫害因生活而違法者，如同冷血動物，這是低級的法律。傑佛特是死板法則的執行者。

一直以來，雨果在文壇上都享有極崇高的地位，幾乎所有的批評家都一致認為，雨果對社會的描述非常深入，筆者深有同感。本文特別從雨果的法律思維方面作比較深入一點的研究。

在《悲慘世界》的第十五章（175 頁）〈山普馬修的審判〉裏，我們可以撿拾到一點相關的「哲學的法律」思維（Jurispudence）。這一章的內容主要是說「山普馬修」因偷了人家製酒的蘋果而被捕。監獄看守人錯把他看作坐了十九年牢獄的伏爾金，也有其他囚犯因「山」與「伏」相似，斷定是同一人。這個錯誤影響了追蹤伏爾金的警官傑佛

特，他以為自己懷疑市長馬德蘭也是錯誤，因而向他致歉。不久，「山普馬修」案就要開審，市長馬德蘭的思想鬥爭十分激烈，因為他正是當年因偷竊一塊麵包而坐了十九年苦獄的伏爾金。他多年來隱姓埋名，行善立德，本以為從此得以服務人世。而眼前發生的事，卻徹底威脅着他的人生理想。要麼，他昧着良知，讓別人頂缸；要麼，他自己去表明身份。這一章要敍述的正是伏爾金的躊躇。終於他還是選擇了後者。雨果藉此表明了他的哲學式的法律思維：「表面上是重入地獄，事實上卻是走出地獄。這點與杜思妥也夫斯基的《罪與罰》中看法幾乎一致。」審訊當日的凌晨，伏爾金僱了馬車，原本不是要到阿拉斯（法院所在），但經過當年初遇麥里歐主教的小屋時，一幅往日主教庇護他的景象突然在他腦中清晰呈現，直透他靈魂深處，他頓然記起主教的話：「伏爾金，你已不再屬於惡魔。我用這些銀器（伏飢餓時曾意圖偷取的物品）贖回你的靈魂，救你從恐懼（伏差點兒當面被警官傑佛特捕獲）和憎恨的深淵中解脫。現在……我把你奉還給上帝。」從這一點看來，伏爾金後來的自首是虔誠和自願的，並非出於對法律或判刑的恐懼，他的自首理應獲得法官接納。於是，伏爾金的思想不再受糾纏，腦裏一片澄清，隨即吩咐馬車夫直往法院所在地阿拉斯駛去。

到達法院的大門時，伏爾金受到另一次的考驗。由於聽審人多，守門人不讓伏爾金入內。伏爾金的內心頓起掙扎，想着要不要堅持入內。他明白法庭對一個違反假釋規定的逃犯很少放過，反正自己已經來過，心想作罷。這時，守門人

卻傲然地評論犯人面目可憎，應該乾脆判他死刑，這使伏爾金內心不安。正在猶豫不決的時候，守門人問他是否政府官員？是的話，可以讓他進去預留的位置。他表明自己正是蒙特利爾的市長後便被允許進入，並且坐在法官背後。法官背後的幾張椅子是讓達官貴人坐的。（九七前，在香港偶爾也會見到法庭的高台上，除了法官外，旁邊間中會設另一椅，這多是為新來的外地法官臨時顧問而設。目的是在案件的聆訊中，有牽涉到一些本地風俗習慣時，以備法官即時諮詢，他不會參與聆訊案件。這些顧問也並非專業律師，不過，最後十數年，外籍法官少了，這樣的「顧問」也少見了。）伏爾金坐在法官背後的心情複雜得很，他心想自己是來認罪的啊！當時法國跟英國的司法制度，在基本程序上分別不大，仍是由檢察官引導作供，盤問被告，穿着的法袍，戴的假髮和今日香港原訟庭（高等法院）的差不多一樣。雨果特別描述檢察官的法袍與假髮看來很樸素，我聯想到香港的大律師，很多都以法袍、假髮越舊越好，這樣才顯得越資深。被告山普馬修看來愚昧魯鈍，一臉困惑。檢察官在被告猶豫作答時，急不及待向法官説被告拒絕作答，這點在現時法律看來，對被告絕不公平，被告拒絕作答，不能看作認罪的表現，而檢察官向法官陳述，拒答即認罪亦非常不妥。這樣的審訊有點糊裏糊塗。被告曾試圖站起來有話説，迅即被庭警按下去，被告口中只嚷着：「你是壞人。」若依照正常的審訊程序，法官與庭上各方（Officer of The Court）均有責任留意證人、台上作供的人的「行為表現」（Court demeanour）。像這裏所述的山普馬修，意識行為有異，法庭理應還押，聽取其精神報告，看是否適宜審訊，始予繼續聆訊。而伏爾金這時更不知如何是好，他的同情心油然而生，這場審判本身就是一齣諷刺劇，庭上的所有人，包括法官、檢察官、其他相關人員，都無動於衷，旁聽的都哄堂大笑。此際，法官隨即宣佈他偷竊罪名成立，跟着審問被告另一項控罪，在程序上，這是非常不恰當的，法官應該聽畢全部的證供，才分別判定每項控罪罪名成立與否，並不應在某階段時就宣佈某項控罪的審判結果，這樣的聆訊，絕對會影響隨着而來的控罪，造成不公。本來檢察官想草草完結聆訊，但山普馬修從未正式承認自己是金·伏爾金，於是只好再叫另一位證人來指證被告身份，這位證人曾與金·伏爾金同囚，但卻沒有認出身為市長的金·伏爾金，也許是難以置信吧！檢察官以一貫嚴肅的口吻，問了一條非常慎重的問題：「我提醒，你所說的話很有可能毀了某個人的一生，所以你對你的證詞一定要有百分之百的把握。」以筆者的經驗，如果「認人」是主要爭論證據的話（Identification In Issue），認人就必須百分百準確，特別是在一些「驚鴻一瞥」（Fleeting Glance）的見證下，其準確度更應百分百，以免誤認造成冤案。控方傳召了三位同囚都一致指認山普馬修就是金·伏爾金，這時已是市長身份的伏爾金驚覺被告與昔日自己真有幾分相似。當第三個證人同樣指稱山普馬修就是金·伏爾金時，真正的伏爾金再也忍受不了眼前這場面，明明就控罪而言，他是個無辜的人（罪名是——違反假釋／釋囚），卻

被一大堆指證害死，他俯身向前面的法官耳邊說可否讓他發言。由於他的市長身份，法官拒絕不起，答應了，這樣做當然不恰當。第一：伏爾金不是法官，不應有發言權；第二：他沒被邀請發言，也不應在審訊途中被邀請；第三：在不知道他會說甚麼前，更不應允准。不過如果真的沒讓市長金．伏爾金發言的話，雨果就無法讓讀者信服伏爾金行善立德，也無法將伏爾金人性美善的一面表現出來。於是雨果這樣的描述，不但震驚了整個法庭，震驚了善與惡的在場者，也震驚了當代的讀者，而法庭內聆訊程序上的少許瑕疵，讀者應不會在意，這樣的安排，倒充滿了戲劇性，可說高潮迭起呢！當時庭上的伏爾金是這樣說的：「證人們，仔細看我，你們認不出我了嗎？」他接着走到台下證人的前面，說出一些當年共囚時的瑣事，這樣無法不讓證人的記憶重新喚醒，伏爾金更分別指出他們身上的特徵，證人們都同意了他是真正金．伏爾金。伏爾金亦在庭上高聲承認了自己就是金．伏爾金，一名偽造身份的逃犯。庭上的法官、檢察官還是不肯相信，也不了解幹嗎堂堂蒙特利爾的市長會變成被告金．伏爾金？便懷疑他犧牲自己救助山普馬修。假如事情發生在今日的法庭上，最好的解決辦法是休庭，再由控方作進一步搜證調查、起訴。原案可同時宣佈押後處理，但這時的法庭手足無措，任由伏爾金留下他的地址，在旁觀者目瞪口呆下步出法庭，踏上馬車回蒙特利爾。同日上午，傑佛特這個惡毒的、慣於欺凌百姓的警官也終於追蹤來到蒙特利爾了。

在這第十五章〈山普馬修的審判〉中，大部份的審判程

序都是合理的，檢察官對證供引導亦無多大瑕疵，唯獨沒有隻字提及有否辯護律師？雨果生於法國大革命剛發生的 1802 年，卒於 1885 年，這段時間法國政權轉移最頻繁，社會現象最動盪不安，一切社會制度、法律的執行，都沒有良好的因循制度。悲慘的生活，即使有律師辯護制度，民眾亦無能力負擔，由保皇轉到共和，老百姓是被犧牲的一群，我們只能說，縱使法國的法律制度完善，有拿破崙法典的設立，但在政治的淫威下，法律亦只能聽從政治的差遣，法律依然是有錢人的公正。

本文依據的《悲慘世界》（又譯《孤星淚》），是楊玉娘譯，台北國際村文庫書店，1998 年。

王正宇——新蒲崗法庭

（王正宇資深大律師，喜音樂，為《上海灘》作曲者）

干戈早在「上海灘」之前瀰漫

殿堂前滿是你瀟灑的自信

Tim Davis 的笑容在吶喊

庭內有彩虹折射

擁抱一籃子的和諧

當所有干戈在內庭石化前

聆訊就在笑聲中圓寂

而陽光透過新蒲崗法庭

在你上等的剪裁西服上留連

從來沒想到嚴肅的審訊

竟在剎那間隱去

三方笑容的旋律在空中飄舞

內庭和庭外都比想像更美

今天，我在 Neway 哼着《上海灘》

你彷彿離我很近

卻又那樣遙遠

《格列佛遊記》寫的是法治的
烏托邦嗎？

　　《格列佛遊記》的作者喬納森・斯威夫特，1667 年生
於愛爾蘭首府都柏林，自幼由母親及叔父照顧，年輕時在都
柏林著名的三一學院就讀，對歷史和詩歌特別有興趣，其餘
學科卻是一般。愛爾蘭和英國發生衝突後，他到英國尋找出
路，成了政治家坦普爾爵士的幕僚，但仕途仍然不甚得意。
然而就是這段時間，他進行了自我教育、自我提高，坦普爾
爵士的文筆對他有積極的影響。斯威夫特早期的《桶的故
事》和《世紀戰爭》都是在這段時間寫成的，他也因此嶄露
頭角。

　　1710 年後，斯威夫特正處於政治活動巔峰，經常來回
於愛爾蘭與倫敦之間，不免經常捲入政治活動中，這也是為
甚麼他 1726 年寫的《格列佛遊記》中有大量對政治和法律
的抨擊和建議，同時毫不留情地痛罵愛爾蘭政府對英國的屈
從。他成了愛爾蘭人民爭取自由和獨立的精神鬥士，是老百

姓心中的英雄，一時名聞遐邇。雖然他一直在吶喊，但內心是孤獨的。他經歷了一切，也看透了一切，於是透過《格列佛遊記》裏的《大人國》、《小人國》及其他故事將這一切風風雨雨、將對法治的不滿和企望，都表達出來了。

作者晚年生活簡單，只和少數朋友交往。他將積蓄用於慈善事業，以三分之一金錢建了一所弱智人士醫院。然而就是這時候，年輕時的腦病加劇，聽覺和視覺能力幾乎完全喪失。1745 年 10 月 19 日，斯威夫特在黑暗和孤苦中逝世，終年七十八歲。他為自己寫了這樣的墓誌銘：「他去了，狂野的怒火再不會燒傷他的心。」生前作品大多寂寂無聞，只有代表作《格列佛遊記》例外，為他帶來了兩百鎊的稿酬。

《大人國》和《小人國》相信很多讀者在年輕時多少都閱讀過了。他在這兩個國度中看到了人性的翻版，矛頭直指英國以及全人類，揭露出他們罪孽深重、愚蠢污穢、毫無理性的一面。第一卷《利立浦特》（小人國）說，作者不幸遭逢海難，泅水逃生到了「利立浦特」，上岸時被俘，押解到內地。當地人身高與格列佛的比例是 1:12，而且很喜歡做官，明爭暗鬥，互相傾軋。他們以穿的鞋子是高跟還是低跟來分成兩個敵對派別，皇帝是低跟黨，然而太子卻傾向高跟黨。外患方面，利立浦特人與另一小人國「不來夫斯庫」發動戰爭，為的只是對吃雞蛋的方法有分歧。利立浦特而今有了巨人格列佛，就順理成章要格列佛去對抗敵人。格列佛涉過海峽，毫不費力就將對方五十艘戰艦拖走，自然立了大功。皇帝貪心不足，居然要格列佛把對方消滅掉，佔領該國

變成行省。格列佛沒有答應，不為別的，只因為他不想成為別人的工具，使一個自由、勇敢的民族淪為奴隸。這裏隱示了作者對當時政壇的互相傾軋不滿。皇帝因此大為震怒，海軍大臣、財政大臣對格列佛充滿妒忌，剛巧皇后寢宮失火，救火工具細小，火勢很大，格列佛撒了一泡尿將火救熄，但皇后卻引為奇恥大辱，最後聯合起來要處死格列佛。格列佛逃到敵國不來夫斯庫去了。

後來的文學評論家都認為斯威夫特要諷刺英國，甚或全人類，但忽略了他也想建設一個烏托邦，一個政簡刑清的國度。他寫小人國的法律奇特，首先提到在小人國中，一切告發別人背叛國家的行為，均將受到最嚴厲的懲罰，只要被告能在開審時表明自己清白無罪，則原告會被立刻處死，落得可恥下場。同時受害的被告可獲賠償：損失的時間、經歷的危險、監禁的痛苦、辯護的費用，這些都可從原告財產中扣除；假若原告的財產不夠，便由皇家負擔，同時要向全城宣佈被告無罪。根據斯威夫特的經歷，有理由相信他對誣告和讒言特別憎惡。當時的英國及愛爾蘭，政治上的迫害、誣衊常有發生，動不動就被送上斷頭台（或問吊），間接造成了很多冤案。就算審訊後還你清白，已造成的損失也無從追討。誣衊叛國就成為當時對付政敵的一種手段了。斯威夫特做幕僚的時候，兼任牧師，寫了很多有關政治的小冊子，自然就給政敵利用為攻擊的藉口了。

在小人國，欺詐、偷竊都是嚴重罪行，都可被處以死刑。作者認為社會的商業運作、不斷的買賣、信用交易等都應受

到保護。如果容忍欺詐行為，或者沒有相應法律對其進行制裁，那麼誠實的人就永遠吃虧了。對於守法的人，小人國裏也有賞罰分明的制度。作者認為賞與罰是政府運作的樞紐。作者幽默地說，除了利立浦特這個國家外，還沒見到有別的國家能做到這點。在小人國中不論是誰，只要能拿出充份證據，證明自己在七十三個月內一直嚴守國家法律，就可以享受一定的特權，在國家的專用基金中領取一筆款項，同時也獲頒發證書表揚。斯威夫特通過格列佛表明，他的國家沒有這樣的獎賞制度，應該是個缺點。斯威夫特也許認為，賞與罰應該同時實施，才是較公平的做法。利立浦特法庭上的正義女神塑像有三對眼睛，兩隻在前，兩隻在後，左右還各有一隻，以此象徵小心謹慎、顧及周全。女神右手更拿着一袋金子，袋口開着，左手持劍，而劍在鞘中，這也表示女神傾向於賞而不是罰。

　　斯威夫特宣稱，法律腐敗是由於政治制度腐敗。這是放之四海皆準的。法律變成有錢人的公正，是權力的免訴牌，當今無論中外社會，總有人利用金錢、權力去影響司法的進行和審訊的公正。小人國裏除了行為法管外，道德方面也有法律規管。忘恩負義在他們看來應判死刑，他們認為不管是誰，如以怨報德，就應該是國家的公敵；不知報恩的人，根本不配活在世上。斯威夫特曾任牧師，感恩是宗教教義重要的一環。小人國的故事，無疑是作者心中的烏托邦呢！

　　第二卷《大人國》即是布羅卜丁奈格遊記。故事說，格列佛一下子到了大人國，由巨人變成了侏儒，他與當地人身

高比例正好也是 1:12。大人國雖然不是作者的理想國，但他在這裏找到了一位較為開明的君主，這位君主以簡單的政治和法律統治國家，重視道德，要求執政者要身正。這自然反映了斯威夫特對英國統治階層的不滿。他認為，統治階層不能以身作則，老百姓必然心存歪念不守法了。當格列佛向大人國君主闡述英國的「業績」時，國王這樣對他說（這也就是斯威夫特要對英國，甚或全人類說的）：

> 無知、懶散和腐化有時也許正是做一個立法者所必備的唯一條件；那些有興趣、有能力曲解、混淆和逃避法律的人，才能最好地解釋、説明和應用法律。……法官高升不是因為其廉潔公正……

這樣一針見血的批評，除具有非常的法律哲理外（Jurispudence），對今日自稱有法治的國家其實是不折不扣的諷刺呢！

大人國的法律條文是以最明白簡易的文字寫成的，老百姓似乎沒那麼狡詐，能在法律條文中找出多過一個的解釋。反觀當今社會，律師的職責就是要在法律中鑽空子，盡量找出灰色地帶，除了造成很多所謂案例外，就使原本的法律精神變得搖擺不定。是好是壞，無人能説得清楚，特區居港權的判決是一個明顯的例子。其次，一單原本看來簡單的謀殺案，也可以有一級、二級、可原諒殺人、自衛、誤殺等判決。法官的判決有時也實在令人摸不着頭腦，那麼看來，大人國

的「法律條文及精神釋譯」不見得是壞事呢！

然而話得說回來，大人國的重典治世，又使老百姓不敢對法律評頭品足。由於沒有論證，民事訴訟和刑事程序都沒有甚麼案例可供參考。那裏的律師有一條準則：凡是有前例可援的事，再發生就是合法，因此他們特別注意把以前所有違反公理、背叛人類理性的判決記錄下來。他們管這些判決叫做「判例」，時時引以為據來替不法行為辯護，而法官們也總是根據判例來處理案件。斯威夫特在這裏要表達的，正是對所謂「判例」的不滿，這不正好是培根所說的「假相」（人云亦云）嗎？在狄更斯的《荒涼山莊》中，這些所謂案例，幾乎蠶食了所有訟費。案子的押後，往往就因要讓控辯雙方去「發掘」相反案例，而案子就這樣被拖長延誤了。

斯威夫特認為，當時英國及他遊記中大小人國的法律思維，並沒有衝突的地方。斯威夫特並沒有指哪一個國度的法律理想或完善，他實際上是提出了他對法律的合理期望。他強調的是，道德應該凌駕在法律之上作為法治的良藥。他的第三和第四卷遊記剛好是個對照。特別是第四卷慧駰國遊記，差不多是作者心裏的烏托邦了。事實上，作者不但對法律的思維提出他心中的比對，也說明法律的制定很多時都是皇者個人的喜好，沒有邏輯、沒有哲理，卻又常淪為統治者的工具。至於作者的法律思維，一個政府能否做到？能否依作者的哲思來制訂法律？那又是另一回事了。斯威夫特在遊記中提出，那些國度的法律，是否適宜在他自己的國家實行呢？這都是存疑的。要求老百姓要有高尚的道德操守，說易

行難，但有一點幾乎可百分百肯定的就是，法律的草擬、制訂者本身必須站在道德的高地，以身作則，就像作者在慧駰國的經歷。法律不是一部份人的擋箭牌，守法是全民教育的一部份，是統治者與被統治者都需共同遵守的「協議」。

《格列佛遊記》告訴我們，在英國無論是刑事訴訟還是民事訴訟，對於實體法的適用都是比較隨意的；然而表面的法律程序卻都一絲不苟地嚴格遵守。小說中就曾以叛國罪為例指出：「法官首先要諮詢有權勢的人的意見，才能作出絞死或赦免。」然而依一般刑法原則，法官應以犯罪事實和刑法的有關規定為依據，任何個人意見都不應該影響法官的判決。這樣說來，《格列佛遊記》顯然對形式主義的英國法律、對其內裏空洞無物極端不滿。作者亦藉着爭奪母牛的民事訴訟，說明在枝節問題上糾纏不清，費時失事，會令審判表面化、形式化；這樣得出來的結論是難令人滿意的。《格列佛遊記》只是借《小人國》、《大人國》來提出對法律的質疑、不滿，說明沒有一種法律是絕對完善的。

駱應淦——銅鑼灣法庭
（駱應淦乃資深大律師，城中名狀也）

銅鑼灣法庭的影像依然搖曳

大堂前的斜階在凝視

從未止息的尊嚴歲月瀰漫

在亂世中傲然孑立

這裏有你和我的歷史徘徊

那天當你踏入 T B Board 庭內時

我竟驚異你溫文爾雅的悠閒

言談中我緊張的雙手飛舞

少許的爭論沒有矯情

你和我每一個細胞都在傾聽

剎那間便將肅穆揉成

三十年後依然斑駁的春天

今天，我匍匐來到天后地鐵站前

只為捕捉當年的剪影

剎那的永恆

談陳嘉薰醫生的《心謀》與
死因聆訊

2012 年 7 月的某一天，作家梁科慶寄來一本陳嘉薰醫生撰寫的小說《心謀》。我不認識嘉薰醫生，後來才知道他是年輕病理學醫生，與我平時稔熟的富文采的張漢明醫生（筆名浮雲）及莊厚明醫生（莊子）等不同。嘉薰的短篇小說大多是推理小說，由於他是病理科醫生，負責解剖入院後死亡的病人，專長屬「解剖病理學」（Anatomical Pathology），並不是「法醫病理學」（Forensic Pathology），不過絕大部份檢驗的都是醫院以外的死亡個案，因而總免不了與「死因聆訊庭」沾上了不解緣。這本《心謀》，一看封面的小字便吸引了我……謹以真誠發誓，本人所作之「證供」皆為真實，及本人所見之事實的全部。這誓詞雖與刑事法庭作供時用的有少許出入，但均着重於證供的真實及為事實的全部。陳嘉薰是現職醫生，由於經常出入殮房，有讀者以為

他是法醫，那是美麗的誤會。他的現實工作中，有一項是解剖屍體，驗明死因，從死亡探索真相，然後忠實地提呈給死因聆訊庭，供裁判官作出死因的法律決定。《心謀》這本小說，正好說明了這份工作的重要性。

作者通過小說，說出了一些似非而是的推斷。從死亡病人身上，他發覺幾宗受毛霉菌感染的個案，由於是自糞便驗出，他推斷應屬腸道感染，這與權威主診醫生稱肺部感染有別。作者說，兩者分別很大，肺部感染大有可能是由呼吸或人傳人感染，但腸道感染則由服食藥物受到污染導致。藥物的供應廠商正是贊助主診醫生做學術研究的廠商，揭示其中的千絲萬縷，非有極大的勇氣向權力挑戰不行。《心謀》裏的主角嘉薰醫生及同僚，為求解剖未經解剖的屍體而找出真相，堅持向死因裁判官申請，將死者遺體直接送去解剖。這種做法牽連的不止是法律手續，法官、警方、親屬、死者的主治醫生、殮工、殯儀人員都一概大費周章。醫生的堅持就是，詳列解剖報告為死者討回公道。一般而言，要獲得法官批准非有強烈的理由不成，而主角用了「公眾利益」為理由，向法庭申請緊急解剖；所謂「公眾利益」（In the Interest of the Public）的字面含意非常廣泛，並非全無灰色地帶，這得看法官對「公眾」、「利益」有怎樣的法思概念。作者用屏幕上的圖片，讓受毛霉菌感染者的痛苦模樣，和那一個個潰爛的傷口，說服了小組醫生，再用測謊機原理可能造成冤案（1996年台北江國慶案中主角通不過測謊機檢測，被判罪名成立槍決，死後三年查明真兇，證屬冤案）

來說明真理和公義是一條迂迴的路，實踐公義，就得付出高昂代價，他認為公義是法醫學的基石，必須加以維護，這與法律精神幾乎一致。為求達到法律的公義，需要付出（Justice has to be paid for），甚至乎不惜代價，從佳寧案的重審所費巨大公帑就可看出，法律界人士為維護公義，幾乎不惜代價的精神。但話得說回來，假若市民因公義要與政府對簿法庭，可能傾家蕩產，但為求防止濫用司法程序，那也不失為一種預防措施。沒有一種制度是完美的，《心謀》作者就明確說明了，追尋公義的代價匪淺。（《心謀》第四節第40頁）作者通過醫生的研究、新藥的推介、藥廠的贊助等，將藥廠與醫生二者千絲萬縷的關係淡淡的指出，讀者以及病人均會輕易聯想到自己有可能成為白老鼠，而且二者是否存在「利益」輸送，仍是富爭議的。「利益」的定義並非單純指即時實物和金錢等交換，這種「利益」也可以是無形的，可以是延伸的，第44頁，作者就提到：「藥廠規模不小，除了研討會，還會資助醫生進行研究，邀請外賓出席演講，還會支付醫生出席國際醫學會議的費用。……機票食宿和報名費，都是藥廠買單，像皇帝式的服侍……」這種形式的贊助，是否牽涉到賄賂，就得看醫生事後的回報有否欠缺公允，有否直接或間接的利益輸送了。而這家藥廠出產的「安本胺基」事後卻證明受了毛霉菌的污染，因而導致病人死亡，讀者如果記憶猶新的話，《心謀》裏的故事，也曾真實地在社會上發生過（例如：降尿酸「別嘌醇」受污染事件）。

作者在《心謀》書中，指出了醫生和藥廠二者的相互依

賴，徹底地揭露了專業界別裏的黑暗面。

由於相繼有病人去世，又都發現有毛霉菌的蹤跡，找出死因是必須的了。死因裁判法庭的工作正是如此，每逢有親人或律政司覺得死者的死因有可疑，就可以向死因庭要求展開聆訊，以判定死因。《心謀》裏的情況是通過解剖醫生的發現，由律政司申請作死因聆訊的；當死者致死原因不清晰時，亦會由死因庭裁決死者的死因，裁判官會提示各種可選擇的情況，引導陪審員作出裁決。死因庭的權限只在於判定死者的可能死因，一切與判定死因無關的內容，例如：疑兇、動機等都不是死因庭討論的。其實，市民日常生活上都有很多事情會與死因裁判官拉上關係，例如：發出火葬命令、批准免將屍體解剖或解剖及簽發死亡事實證明書等。

有適當利益關係人士可由律師代表出庭，還可付費索取醫學及其他技術報告；至於可能導致入罪的人可由當值律師服務代表出席。

小說一再顯示，作為專業醫生的作者對病人家屬和死者遺體有一份尊重。每日須面對無數死亡病人的醫護人士，早已懂得將不快的心情隱藏，輕易不形於色。《心謀》第 58 頁裏，作者在解剖遺體後對死者家人說：「⋯⋯宋太，要你和宋先生（遺體）舟車勞頓，真不好意思⋯⋯」那一份誠意，是教人感動的。作者通過對遺屬的解釋，間接說明死因裁判法庭賦予他們解剖權力，以找出真相，報告只向法庭負責，是不會偏袒院方的，對遺屬總有一個交代。

在《心謀》第六節裏，作者進一步描述主診教授醫生暗

地裏通知藥廠，他們合作研究的抗癌標靶藥物「安本胺基」可能受到污染。這顯然暗中提醒藥廠，況且在死因庭準備聆訊期間，這樣做有阻礙司法公正的嫌疑，甚至構成了妨礙司法公正的表面證據。教授醫生這樣對藥廠負責人說：

> 別怪我沒事先張揚，有一宗死亡個案已追回做了解剖，快會有結果，一旦證實安本胺基出事的話，病理科醫生很可能會通報衛生署，巡查藥廠，到時我可不方便通知你。今次打電話給你，純粹以防萬一⋯⋯

事後負責人隨即清潔廠房，使衛生署巡查時無所發現。這種做法與不法之徒藉着通風報信，令警察現場查牌時多徒勞無功，觸犯的罪行是一樣的。況且當教授醫生得悉，解剖報告指出死亡與毛霉菌有關時，更私下與另一法醫官合謀對策。一連串的動作，都涉及妨礙死因聆訊公正進行了。

死因聆訊跟一般刑事審訊法庭不同，除了死因聆訊法庭是獨立於一般裁判法院外，更設有陪審員制度，死因裁判官需引導陪審員根據證供判定致命的原因，聆訊案件中沒有被告，調查由警察負責，再由律政署律師陳述案情，相關牽連的人或機構可由律師出席陳述。法庭主要是找出與死亡有關的情況，例如屬自殺、意外、死於自然或不幸、合法或非法被殺，甚而死因不明等也可在裁決後作出建議，以為改善等，過程通常沉悶，「證物」都令人不忍卒睹，沒有一般在電視節目中盤問（Cross Examination）控辯雙方證人的精彩，

多是根據實情及專家意見向法庭陳述，並回答法庭質詢等，氣氛較為嚴肅。嘉薰醫生在《心謀》第九節中，這樣寫道：

> 人心叵測，難以猜透，也很容易被個人利益賄賂，法庭上的供詞，多少是為了自保？又多少是為公平公義？有時連自己也理不清。利慾熏心，每個人都有不可告人的秘密，也懂得矯飾言詞，審判官要理出真相，談何容易！

對於這一點，筆者並不全認同。審訊（聆訊）就是要找出事實的真相。憑筆者過往的經驗，證人檯上，並非可以任由證人鬼話連篇。說多錯多，欲蓋彌彰，只要有一絲破綻，謊話仍會被拆穿。陳嘉薰醫生是基督徒，應該相信舉頭三尺有神明（上帝），人在做，天在看，公正裁決仍是佔絕大多數的。作者對死因庭是挺熟悉的，筆者毋庸多議，至於法官席為何高高在上，這並非要突顯法官地位的崇高，主要是方便法官在聆訊過程中視線不受阻擋，可以仔細觀察證人作供時的態度，作為取信的參考。嘉薰醫生對證人宣誓後作的口供，是否真實或為事實的全部有所懷疑，這也是正常的邏輯想法，這也是為甚麼作口供後需接受盤問、覆問等，目的都是給予有關人等有機會澄清問題的疑點。不過由於各方均非當事人，亦只能憑證人的態度（Court Demeanor），對問題理性回答，再全面考慮證供的真實性。沒有一種制度是完美無瑕的，這並非上帝的審訊，但法庭的聆訊制度，已是較全面，較少受非議的審訊了；況且香港的司法制度，絕對比

很多地方公正、公平及公開了。

　　作者嘉薰醫生是病理學專家，他對教授醫生與藥廠庭上的作供相互附和（Corroboration）感到極度不安，藥廠律師在教授醫生意見下，認為病情不是因藥物而變差，藥廠就無須為病人的死負責，雖然代表公眾（也是死者家屬）的律師一針見血盤問教授醫生，「……以你的經驗，如果不是毛霉菌，這位死者的壽命會長一些嗎？」教授醫生卻說真正的死因不便推測。另一位曾與教授醫生私下商討過證供的同事，在庭上作出了不實的推斷，說感染到的毛霉菌可能是由於呼吸受到感染而傳至肺部，再擴散其他器官，這也自然與藥廠無關了，而且她更肯定地說與安本胺基無關，沒有證據顯示死者吃過受污染的藥物。嘉薰醫生和他病理科同事所持的證據是，有三名死者同受安本胺基治療而遭毛霉菌感染，同是腸道感染，同屬口服感染，腸胃內的殘留安本胺基受毛霉菌嚴重污染。嘉薰醫生受法庭形象的感召，認為為了追求公義需要犧牲，需要與上司、權威對峙，在可能影響自己事業前途等因素下，最後他們還是作出勇往直前的決定。嘉薰醫生和他的同事在庭上向法庭證實經過詳細的解剖，在死者的胃和小腸發現滿佈毛霉菌的藥物膠囊，經毒理分析，證實為安本胺基。毛霉菌的來源相信是服食了受污染的安本胺基，藥廠的律師隨即要求她解釋與教授醫生的死亡報告何以南轅北轍？這位女醫生淡定的回答：教授醫生的死因證明書是臨床判斷，未經剖驗，而他們是在病人死後解剖才驗出結果的。雖然在藥廠律師咄咄逼人的盤問下，同意病人胰臟癌

已屬第四期，卻肯定地指出這胰臟癌沒有直接令病人死亡，直接導致他死的，是安本胺基中的毛霉菌引致的敗血病，而整間醫院經檢查後都沒有發現毛霉菌入侵，這樣亦證明病人是受藥物污染的可能性最大。這位義正詞嚴的證人繼續向法官指出，從基因測試中證實，遺體的毛霉菌來自同一批次藥物，幾具遺體上的基因圖譜來源相同。聆訊到此，死因已獲澄清，法官雖則裁定死於自然及意外，但認為安本胺基生產線確曾受到污染，藥商要為生產不潔藥品負責，藥廠亦不得不接受裁決，作出聲明改善。最後第十三節只是後話，說明在機構中普遍存在的權威假相、剽竊研究成果等。

我與《心謀》作者陳嘉薰醫生素昧平生，但讀畢《心謀》後，對他不期然有一份尊重，並不因為他是醫生，懸壺濟世，而是他的那份追求公義的精神，通過這本小說坦蕩蕩地表露出來了。從某種角度看來，他的那種鍥而不捨的精神，與法律界的工作人員同樣受尊重，為了正義與公義的追求，忘了本身可能面對的困境，仍然向着真理邁步前行，他們的做法，為香港的核心利益，為香港的公義而竭盡所能，這就是為甚麼香港能使我們安居。在這裏，我們的生存價值受到徹底的尊重，連離世後的遺體也一樣。

陳嘉薰《心謀》，香港突破出版社，2012年。

清洪──西區法庭

（清洪，資深大律師，行內暱稱為金牙大狀，
著作有《護法》）

薄扶林道的斜坡上翹首

你的一個微笑令我踉蹌

西區法庭的記憶中滿是

你和我在刀刃上的唇槍舌劍

每一個爭論都成了最深的糾結

高台上 Maharaz 法官的法袍漆黑

板着的臉一如膚色

我何嘗不想羽化成蝶

吻着庭外滿目瘡痍

在你咄咄逼人中交換傾慕

這些年來我為友情沾沾自喜

雖然干戈從未達成一致

宿命中總是各自為政

今天，記憶又把我鎖住

回首早已非當年的你我

歐・亨利筆下執法者的兩極化描述

　　歐・亨利（1862-1910，另譯：奧亨利）原名威廉・西德尼・波特，是美國著名小說家。年輕時曾想投身繪畫，婚後開始寫作；特別是因賬目問題而入獄的那一段時間，以歐・亨利的筆名發表了大量短篇小說，引起廣泛關注。他這些作品構思巧妙，手法跡近誇張，卻又不失幽默、詭異。他善於捕捉社會各式人物的喜怒哀樂，筆下不乏市井之徒、執法者、強盜等，無不栩栩如生。他的作品不以諷刺社會為目的，但以描寫紐約的市井生活為主，真實地描述了社會的多樣性和人物性格的複雜性，頗能表達出中下層老百姓的心聲，讀者可以從中觀察到人與社會相互依賴和互相利用的關係。這使他贏得了廣泛讚譽，與莫泊桑、契訶夫等被譽為「世界三大短篇小說之王」。

　　歐・亨利的小說世界充滿閱讀興趣，令人流連忘返。他的「歐・亨利式的結尾」常引起批評家討論，已成為了他小

説的一種獨特模式，與其説「歐‧亨利式的結尾」，倒不如説歐‧亨利在計劃結構一篇小説時，已將可能的結局隱藏其中，這些結局令讀者回味無窮。雖然是同樣的角色，其結局也會是兩極化的。我們試舉他的兩篇小説，〈警察與讚美詩〉和〈歧路重生〉，這二篇小説描述好與壞的警察，令讀者深刻感受到不同的結局帶來的震撼。事實上，也是我們現實社會中並不陌生的事實。而且這些小説中，也隱約地包含了對法律並非絕對公正的批評。

我們試從歐‧亨利下列兩短篇小説來探討他對執法者兩種截然不同的結局描述。當時的社會環境，的確存在這樣的警察，甚至現在，美國很多地方仍時不時有兩極化的執法者行為出現，相信一般讀者也可以從廣泛的新聞報道中得悉。

一、〈警察與讚美詩〉

流浪漢索比在紐約麥迪遜廣場遊蕩，寒冷的天氣令他坐立不安，夜間睡在噴泉旁的椅上，凍得半死。他腦海裏多番想不如到「島」（監獄）[①] 上過冬，他並不是不想到慈善機構投靠，索比的自尊心一直認為「法律」比「慈善」慈悲得多。他認為獲得別人行善、免費施捨的東西，要付出「屈辱」的代價，為了獲得一條麵包，總要被盤問一大堆問題，毫無私隱可言。就因為如此，他倒是寧願乖乖地去「法律」那邊作客，況且那邊早就有了些檔案，也不致太過繁文縟節。當他下了決心後，就想應該如何讓自己免費去「島」

上度過寒冷的冬天。想着他到了平時想也不敢想的百老匯大道，燈火輝煌的咖啡店，正打算進入的時候，卻被眼利的侍應強行推到街上，想吃一頓霸王餐後才上路的方法行不通了。（吃霸王餐—— Making Off Without Payment）只好繼續想辦法。他走到第六大道一家精品店門口，拾起一塊小石，砸向玻璃，人們聞聲聚集，警察也趕來了，問索比可知是誰幹的。（刑事毀壞—— Criminal Damage）索比語帶譏諷回答：「你難道不認為是我幹的嗎？」這句話不能被當作認罪（Admission），警察看他一臉直率，沒有理他，繼續調查。索比兩次失敗，心裏老大不高興。他走到附近一家殘舊大眾化小店，吃了點東西，然後告訴店主他身無分文，要求交與警察。這位店東可沒有理會他，狠狠地將他摔在街上。索比心中一直嘀咕，要犯點法被捕也難以登天，不遠處有警察看着他笑了笑，也沒有理會。他再向前走，在一商店櫥窗前正有一端莊女孩在觀看，索比認為這正好是一個機會，讓他觸犯「搭訕良家婦女」（應是香港的 Loitering 遊蕩）②，何況不遠處正好有警察在觀望。這次應該可以順利在「島」上過冬了。於是索比靠過去對女郎說道：「嗨，貝德莉雅要不要到我院子來玩玩？」這時只要這女郎向警察一招手，索比就可心想事成。哪知道女郎說道：「好啊，麥克，如果你請我喝酒我就去，要不是那警察盯着我，我早就跟你說話了。」女郎隨即搭着他向前走。索比沮喪得很，甩開女子跑掉。（男女雙方都可能觸犯了「教唆他人作不道德行為」Soliciting immoral purpose）接着他又走到一間戲

院門前，索性在街上裝酒瘋，大吵大鬧，但警察只是說了幾句也沒有拘捕他。

索比有點傷心，想着難道「島」真的是那樣難去嗎？這時他走到一家雪茄店門前，看到有人放下傘在抽雪茄，他走過去，把傘拿走，（盜竊——Theft）那人追出說傘是他的，索比冷然叫他叫警察來處理，誰知那人訕訕地說傘是他早上取自一家餐廳的。這時索比氣得很，把傘丟掉，又再不自覺走回廣場公園的長椅。遠處傳來風琴聲，他走過去看，是一座老教堂，內裏燈光柔和，琴手正在彈奏，索比感到從未有的寧靜，琴聲撩人心弦，令他想起他曾擁有過的母愛、玫瑰、志向、朋友及當年白領的生活。他頓然醒悟，一陣顫抖，自覺不應再墮落。這突然的頓悟，就像一股力量，要索比重新做人，振奮自己人生。他決定明日再找工作，重拾自己的理想。想着看着，突然察覺有隻粗壯手臂抓着他，回頭一看竟是一名警察。

「你在這裏做甚麼？」警察問。

「沒有甚麼。」索比說。

「那就跟我走。」警察說。

「『島』上關三個月。」次日早上，法庭上的法官是這樣宣判了。

這裏姑且不談結局令人震驚，無奈，痛心而憤憤不平。明顯地索比是被誣告入獄，警察胡亂抓人、法庭輕率判刑、

執法者濫用權力、目無法紀、任意胡為，確實是一個時代的悲劇，老百姓的悲哀。這種情形，誰能說現今世界沒有存在呢？這故事讓人們看到執法者但憑一己意願，罔顧公義的存在，正是危害老百姓的一張利刃呢！歐·亨利在這故事中描述的執法者，一是愚昧、懶散，二是濫權，誣衊百姓。更說明老百姓對冤獄的無奈，法律是真的能找出真相予以懲罰嗎？這說明了那些玩弄法律的人比法律的懲罰更可怕。

二、〈歧路重生〉

這一短篇小說的標題明確提出了罪犯重新做人的理性命題，更重要的是，它透過罪犯重新做人的故事，描述了執法者感性的動人的「良知」（或應稱人性），因為執法者運用「酌情權」（Discretion），令罪犯獲得重新做人的機會，它不但描述執法者的良知，也與先前故事中的執法者成為鮮明的對比。至於執法者這樣做是錯與對，又是另一故事了。

故事的主人翁吉米·華倫坦因為爆竊保險箱要坐牢四年，坐了十個多月獲州長特赦。有關方面對他解釋法律指望他重新做人，成為安份守己的好公民。出獄之初，吉米在友人處取回一套精密的工具。跟着不久，接連發生了三樁保險箱失竊案。（作者小說中並沒有任何描述主角跟這些案件有任何關連）警察普萊斯懷疑案件的手法與前吉米犯的如出一轍，遂展開調查。這時吉米改名史賓塞在艾墨爾小鎮定居下來，並開了一間鞋店，生意十分好，也贏得了小鎮居民的

敬仰，並快將與改變了他一生的銀行家女兒安娜貝兒結婚。吉米寫了一封信給他的好友，想將工具轉贈，說明早在一年前已洗手不幹爆竊了，並希望婚後變賣所有家產，搬到西部去居住，重新做一個坦蕩蕩的人。正當吉米籌辦婚禮時，警察普萊斯也找到艾墨爾小鎮來了。他不動聲色，四處找尋，終於發現了吉米（史賓塞）的行蹤。這一天吉米拿着皮箱，想着參加完準外父銀行新的保險庫啟用典禮後，便將箱子送予友人。吉米與安娜貝兒在銀行很受歡迎，正是一對金童玉女，充滿歡樂。準外父亞當斯向大家解釋保險庫的計時鎖，而警察普萊斯也靜靜地站人群中觀看，突然安娜貝兒的兩個親戚小女孩竟走進了保險庫，並胡亂轉動密碼。老銀行家急死了，他說因為門是打不開的，計時器還沒調校過，密碼鎖也還沒設定，兩個小孩也在裏面哭叫。由於裏面空氣不足，孩子撐不了多久的。大家都急得打轉，安娜貝兒一直以憂慮的目光看着吉米。突然吉米微笑地叫安娜貝兒將身上的玫瑰胸針給他一用，只見吉米脫掉外套，捲起袖子，這時史賓塞已一下變回吉米·華倫坦了，他將箱子打開，不慌不忙地用些工具，只不過一分鐘，已見他將鋼門開了個洞，撬開了保險庫，把鎖頭往後一拋，保險庫打開了，兩小孩驚魂未定，總算有驚無險。吉米隨即穿上外套，沒理會未婚妻的呼喚，似乎心意已決，走向大門口。

「你好啊，普萊斯，你終於還是來了。我們走吧，我現在已經無所謂了。」吉米微笑道。不過警官普萊斯的反

應卻十分奇怪。

「史賓塞先生，你認錯了人吧，我不認識你呢！你的馬車還在外面等你呢。」說罷，警官普萊斯便轉身離去了。

上述兩個故事的結局都出人意表，明顯的「歐‧亨利式結尾」。同是執法者，但表述迥異。這並不是無中生有的創造，卻是真實描寫社會上存在的兩極化現象。這種兩極化潛存在人性內，在社會中，在適當的時候總會流露出來。第一個故事裏的執法者，濫權誣衊。索比當時只是在充滿燈光的教堂外駐足聆聽、思想，並沒有做任何違法的事，卻被以莫須有的罪名逮捕了，令人不禁想起卡夫卡小說「審判」裏的K，無故被捕，沒有適當審訊，到被行刑時仍不知道自己所犯何事。故事裏仍有更深一層的含義，真正觸犯法律的卻沒有被法律懲處，無辜的人卻隨時大禍臨身，歐‧亨利的這篇小說，幽默中帶淚，畢竟生命有太多無奈了，而法律並非能完全解決。

第二個故事倒是充滿人情味，或許有點牽強，但歐‧亨利暗示遭爆竊的，都是有錢人的保險箱，窮人是沒有的，連保險箱都不管用，這樣的伏筆，讓故事結尾時警官放過吉米多了讀者的支持，也符合了讀者的期望，是合理的期望。當吉米決定打開保險庫拯救兩小孩的時候，他是知道執法者正在等待「機會」的（對釋囚的監視）。但他一念之仁，不但救了別人，也救了自己。執法者警官普萊斯放過吉米，正是人性的最佳表現，他不但給吉米自新的機會，也充份合理

地實踐了他的「酌情權」（Exercise Discretion），他並沒有濫權，他這樣做比將吉米帶回牢裏好得多了。他深知吉米已經歧路重生，這不正是法律的精神嗎？香港的「警司警戒」（Superintendent Caution）其精神就正如是，由警司酌情行使。普萊斯警官這個角色，是代表了執法者善良人性一面，同時也給冷酷的法律帶來一點人情味。

---

① 「島」是指位於紐約東河的布萊克威爾島，島上設有監獄。
② 「遊蕩」包括在公眾地方滋擾他人的行為。

探監

咫尺的距離卻是那麼遙遠
你擠出的笑容充滿苦澀
我的心很痛，在扭曲
但我不配笑
你説我讓你在孤獨中站立
在黑暗的囚禁中倒數
沒有雨，你卻雙眼潤濕
我沒有淚卻模糊了焦距
不管時間如何流逝
不管有多少冷語
背負的目光像冰凍的利剪
我依然挺着腰活着
卻從不在你面前抖擻

我告訴你我會等你回來
不管從陌生走回陌生
你留下的所有苦痛
落在我肩上
癡癡地等

從《禁治產》看巴爾札克筆下法官形象

　　文學作品寫法官遠比其他司法人員多，作家們筆下的法官形象好壞參半。他們多表現好法官，至於他們認為壞的法官，由於恐怕受到各方面質疑，往往都是「從輕發落」，或是輕描淡寫算了。在今日中外社會中，法官地位崇高，人們更輕易不敢去碰。除了擔心被指「妨礙」司法獨立、藐視法庭、誹謗等之外，大半因作家缺乏專業的法律知識，對法官角色的評論有心無力，自然無法適當地描述出來。世界文學作品中談到忠於職守的好法官為數不少，儘管他們的命運和際遇有所不同，但作家都能肯定他們的長處：有精明的頭腦、正確的判斷、慈悲的心腸及對法律的認知。好的法官儼如老百姓心中的「包青天」。作家們把好法官作為正面形象來刻畫，自然旨在肯定現實生活中應有的法律秩序；他們一方面以之作為小說題材，一方面又弘揚老百姓心中的法治精神，充份彰顯了由文學作品探討法律正負面的意義。

每一位具有漫長職業生涯的法官，都會經歷數不清形形色色的案件，都有數不清感想和體會。如果他們本人或法學研究者能夠以極大熱忱和興趣去研究這些感想和體會，將會產生許多理論成果和寫實的生活作品。英國樞密院大法官鄧寧勛爵的作品《The Leaves From My Library》就是其中佼佼者。文學名著中談到優秀法官的比比皆是，例如司各特的短篇小說〈兩個趕車人〉，泰戈爾的敘事詩《法官》以及本文要討論的巴爾札克（1799-1850）長篇小說《禁治產》[①]等等。

　　「禁治產」是一個法律名詞，無論中外，或百多二百年前到如今，其解釋分別都不大。即：由於持產人精神失常，不能自行處理自己產業，法院便指定監護人代管，這就是法律上所謂的「禁治產」。「禁治產」由法官審定。巴爾札克是法國著名小說家，曾經修讀法律，並於訴訟代理人及公證人辦事處任書記（Law Clerk），故對法律的認識頗深。1828 年夏季開始，專心從事寫作，他的《人間喜劇》令他聲名大噪，奠定了他在法國的文學地位。他是多產作家，作品也多元化。作品擅長對人及事物的精細描寫，刻畫人物心理變化，又能運用語言文字的魅力從多方面表達出來。他在《禁治產》這部小說中，就用了大量篇幅來描繪幾位主角，例如包比諾法官，侯爵特－埃斯巴及其夫人等，合起來，佔了小說幾近一半篇幅，卻又讓讀者不感一絲厭煩。巴爾札克文字運用的修養凌駕很多作家，九十一部著作就足以證明這點。

在《禁治產》中，法官包比諾受理一宗由妻子申訴，要求對丈夫實行禁治產的民事訴訟案件。經過法官的深入調查，發現做丈夫的不僅神志清醒，而且充滿正義感，很認真負責地撫養教育他們的孩子，發現妻子的申訴別有用心。包比諾充滿信心可以審理好這宗案件，但他的上司找藉口不讓他辦理此案，改由一位年輕法官接手。故事描述包比諾法官的良好品格和精湛的法律思維，揭露他受到司法政治的迫害。

包比諾法官住在巴黎出名的窮區——福阿。附近居民無不認識他。那裏有年老病號、拾荒者、失業人士及一些罪犯，三分之一居民冬天都沒有取暖的木材。法官住所也頗為破落，光線不足。他一副不修邊幅的樣子，差不多天天穿同一套並不整潔、有點兒殘舊的黑色衣服，制服上的胸飾也搞得一團糟，進出巴黎法院的人對此不能不詫異。說到這裏，筆者想起當年（八十年代）在西區法庭碰到王明大律師，他的法袍、假髮都顯得破舊，筆者好奇詢問，王大律師說，惟其殘舊，才能顯出資深的經歷。這也是對的，通常假髮與法袍都是用一世的。包比諾長相不盡討人喜愛，卻非常和善。如果單從他瘦陷的額角、無神的雙眼和寒酸的外表判斷，很容易誤解他的為人。惟人不可貌相，以貌取人，失之子羽。記得九十年代初期，筆者在觀塘法院負責檢控組，當時的主任裁判官是已故的李宗鍔法官，他負責第一庭，每天都有不少吸毒犯應訊，很多律師都質疑警察口供中「形跡可疑」的真實性。筆者不只一次聽到李官自嘲說，自己其貌不揚，

個子黑瘦，頗像吸毒者，故曾多次在街上被警察截查搜身，李官並無表露身份，非常合作，後來有警察認出他是觀塘法庭的主任法官，這種截查才停止。說到香港的好官，李官是其一，英年早逝，令人唏噓。[②]

巴爾札克刻意描繪包比諾法官與世無爭的德行：他從不耍手段，從不上大法官或司法部長的門，所以每次人事調動，總是受排擠；有時甚至被貶至助理法官，也沒有怨言。從《禁治產》中，讀者可以看出巴爾札克對法官的期望。他認為每宗案件都得看兩個因素，一是法律，一是公道。公道是根據事實來的，法律是把一些原則應用於事實。巴爾札克透過包比諾法官這一角色，指出一個當事人可能在公道方面是對的，但在法律方面卻錯了。說到這裏不妨舉一案子說明，八十年代末期，在銅鑼灣法庭（原址今已變為港島天后地鐵站）有一單案子：某教師揹着舊書包，在路上被警察截查，搜出包內除雜物外，尚有摺刀一把，因之被控藏有攻擊性武器；被告解釋正欲往垃圾站丟棄父親遺物，而前面不遠處正有垃圾站。警方不接受這解釋，將之告上法庭。法官為一外籍人士，接受被告解釋，裁定技術上被告有罪，但他拒絕根據法例判被告入獄半年，最後要由上訴庭下旨命他執行判刑[③]，最後他覆判而撤消了定罪，是與非就是這樣教人迷惘不安。合乎法律的不一定公道。巴爾札克進一步說明，良心與事實之間有個神秘區域，藏着一些有決定作用的，法官不知道的，分別是非曲直的理由。法官並非上帝，他的責任是拿事實去適應原則，用一個固定尺度去衡量變化無窮的

爭執。包比諾認為，不假思索的硬性運用法律是有缺點的。他的生活和操守，使他把人心看得更清晰雪亮，判案也就特別精明了。那些因貧困而犯了法的被告，在被押回囚室前，包比諾總是給些零錢或禦寒衣服，鐵面無私的法官同樣扮演了憐貧恤老的善士。香港的法庭也設有濟貧箱，八九十年代的法官，亦時會頒令從濟貧箱撥出數百元給貧病被告人的。當時的「藍山韋義信」裁判官④就是其中著名者。包比諾表面上頭腦單純，心不在焉，和善到近於癡愚的程度，但在審訊中卻能識破被告詭計，不上刁滑證人的當，這些都是跟他曾生活在低下階層有關。他與民眾生活在一起，理所當然地能體察紛爭的成因、犯罪的動機等。這些都對他聆訊案件大有幫助。回歸前續有聘請外籍法官，為了協助他們了解審訊遇到的問題，最初都有非法律專業人士坐在身旁，稱為顧問，專責解答聆訊時對某項風俗習慣的疑惑，並提出意見。這些都不牽涉案情。現在基本上都不再有這種設置了。

《禁治產》費了很大篇幅塑造的包比諾，是一位優秀法官。當他接受了上級指派處理埃斯巴侯爵夫人申請對丈夫實行禁治產的訴狀時，他的侄子皮安訓醫生受侯爵夫人所託，往見包比諾做說客。皮安訓轉達侯爵夫人共進晚飯的邀請，告訴包比諾侯爵夫人是一位極有地位、極有勢力的人士，必須出席。包比諾聽後，立即斥責侄子，並說明法律規定法官不得與他經辦案子有關的雙方相約飲食。在這一點而言，香港司法人員的操守足以媲美。司法機關的指引中，亦提醒案件在聆訊時，不應與控辯雙方有任何私下應酬，單方面不

可，就算所有涉案經辦人員一起，也不鼓勵。這點是香港法官足以自豪的。包比諾的侄子皮安訓是一位醫生，因而包比諾看了狀子後諮詢他對「精神受人魅惑，處於所謂勾魂攝魄的情形下，致行動不能自主」的醫學意見。皮安訓同意有這個可能，狀子（起訴書）裏面說到年多以來，侯爵的精神與智力大為低落，已達到民法所謂精神錯亂與癡愚不省人事的程度，故為保障其自身及財產之安全，並保障其身畔孩童利益起見，要求依照民法（當時法國民法第四八六條）付諸實行禁治產。包比諾並沒有輕易相信，他發覺內裏牽涉的人與事不少，漏洞很多，不合常理並且蹊蹺得很。為了公平地澄清一些問題，包比諾決定與侄兒去一趟探查真相，順便觀察一下侯爵本人，但不赴飯約。正如包比諾向侯爵夫人解釋他為甚麼前來時說的：

> 雖則我的行動不合法院的習慣，但在這一類案件裏頭，只要能幫助我們發掘真相，無論甚麼事都是應該做的。我們的判斷，靠良心啟示的成份遠過於根據法律條文，在我辦公室也罷，在這裏也罷，只要能找到事實就行。

這種做法，跟香港的實地視察（Site Visit）基本一樣，不同的是在香港的實地視察，必須是法官、律師和主控官三人同行，亦在有必要時才實施。接着下來，一連串的詢問令侯爵夫人極不耐煩，露出不高興的表情，時而答非所問，她可沒想到反被包比諾多方盤問，不由得大為氣惱。尤其是她

的收支相差極大，令人不禁想到她申請禁治產的目的是要償還她揮霍欠下的債。包比諾沒理會侯爵夫人不悅，語帶教訓地說：

> 我看還是一切實說的好……你現在還來得及補救，不至於在法院的判決書上受到譴責……你年入二萬多法郎，但開支卻要六萬多，多年來你是如何支持的呢？……還有其他正當的收入嗎？

這時候的侯爵夫人簡直就像站在犯人檻內接受盤問，不知該如何回答。待包比諾離去後，她決定運用影響力，叫司法部長將法官換掉。當包比諾見過與夫人分居的侯爵後，發現侯爵不僅神志清醒，處事公正，而且有正義感，對孩子的撫養教育很認真負責，妻子的申訴明顯是別有用心。他清晰地知道侯爵夫人那一幫人的陰謀，法院院長在侯爵夫人的壓力之下，最後還是將包比諾撤換。巴爾札克將故事說到此，沒有再進一步闡述。並非故事沒有結果，而是不想錯誤引導讀者將注意力放在結果上，因為他要描述一位好法官的目的已達到了。

一般人印象中的法官總是儀表出眾，但巴爾札克通過小說告訴我們，法官優不優秀不在他的外表。在《禁治產》中，他將法官平民化了，就像左鄰右里的常人，沒有給人高高在上的感覺。書中描寫包比諾法官的居所、衣着、睦鄰態度以至生活細節就用了差不多四分之一的篇幅。巴爾札克主要從

下列幾方面來刻繪他心中的好法官：第一、具有良好的法律修養。作者用「精湛」來形容包比諾法官。因此，在拿破崙改組司法機構時，包比諾成了巴黎高等法院最早期的法官之一。因不善逢迎，他不時都被打壓，但都處之泰然。第二、一生以法律職業為重，從不計較個人得失，更不會為個人名利苦心鑽營。作為一位優秀法官，包比諾非但未獲重用，反而每次人事變動時總被降低職務，從高等法院降到初級法院，從法官降到助理法官，可他從不抱怨，一如既往實實在在地辦案。第三、在法律工作中具有雙重的觀察能力，這應是優秀法官必備的素質。包比諾法官樸素的外表與他敏銳的思考全不對稱，從巴爾札克筆下包比諾約談侯爵夫婦時的思維看，他簡直就是天才。夫人的奸詐，侯爵的持重，都一一被法官的邏輯思維突破。包比諾敏銳的觀察力來自平時對各式人等的認識，他常在坊眾間排難解紛，樂善好施，所有生活的經驗，都成為他職業的磨練。巴爾札克說明了包比諾是個生不逢時的優秀法官，對他格外惋惜和同情。與此同時，他也刻意引導讀者去思索這一切的成因：除了當時複雜的社會因素外，也着實暗示了司法審判有許多人為因素在左右。而司法界用人不當，受政治和政客牽引，顯然都形成了不分青紅皂白的社會不公，繼而形成冤案。例如，侯爵本人被屈患精神病，無法處理事務等，他本人竟然沒有收到狀子，直到包比諾約見時才恍然大悟。若非包比諾法官的精明敬業，他早就成為受害人了。除此之外，讀者在閱讀巴爾札克的作品時，不難發現其中都有善與惡、是與非、美與醜的強烈對

比，正人君子與牛鬼蛇神雜然並列，令人讀後大有啼笑皆非的感覺。惟其如是，讀畢《禁治產》，除了認識到司法制度的腐敗外，也感受到人間有情，黑暗中依然有點點星光。

① 譯文參考傅雷譯文全集，遼寧教育出版社，2002 年。
② 李宗鍔法官有法律著作留世。
③ 上級法院可頒給下級法院（Certiorari）撤消令或履行義務令（Mandamus）。
④ 即 Blue Wilson，前銅鑼灣法庭主任裁判官。

重囚

囚車載着層層疊疊的蒼白
才卅多歲佝僂的背影
踉蹌地步下該詛咒的泥土
他們要引證我狂妄的罪咎
要將我重囚在敲不響的鐵門後
留下一陣陣的顫慄
誰可以把我重新粉飾
過去支離破碎的存活
傷痕纍纍的是與非
一併埋葬在石壁的深淵^註

請不要為我留下自尊的印記
之前之後的活着都是凶年
一次的失足有無窮的懊悔
我的墮落應成為你的戒念
充滿哀痛的選擇活該
離去無悲無恨
你能否把對我的記憶
連指紋一起抹掉

註：石壁監獄在大嶼山，囚禁刑期較長犯人。

讀馬克·吐溫《鍍金時代》有感

　　《鍍金時代》是馬克·吐溫唯一與人合寫的長篇小說[①]。小說反映了十九世紀七十年代初期美國社會政治、經濟、法律等狀況，主題是諷刺南北戰爭後充滿貪婪、政治腐敗及法律不公的政府。當時美國有不少人把這個時代誇耀為黃金時代，而馬克·吐溫卻看出金玉其外、敗絮其中的奧秘，故譏之為「鍍金時代」（The Gilded Age）（源出莎士比亞 1595 年的作品 King John）。小說發表於 1873 年，描繪田納西州一家貧戶如何售賣他的七萬五千畝地，進而成為富豪、企業家兼政客的過程，揭露了西部投機家及政府官吏串謀掠奪國家和人民財富的黑幕。

　　小說花了頗多篇幅，描述女子羅拉躋身上流社會後，如何殺害賽爾貝上校而被拖延檢控的始末。案子拖延一年始予起訴，實在無法令人理解。本文着重分析作者描述這個過程中呈現的各種荒唐物事、錯綜人脈，以及作家對法律的期望。

羅拉槍殺賽爾貝上校

羅拉在南方飯店公共大客廳眾目睽睽下，槍殺了賽爾貝，當場被兩個男人捉住；她丟掉手槍，束手待捕，還冷靜地說：「這是他自尋的報應。」賽爾貝沒有當即死掉。他胸部、腹部各中了一槍。外科醫生趕至現場處理，由於傷勢嚴重，賽爾貝一小時後就斷了氣。臨死，他神志始終清醒，還作了口供。供詞大意說，兇手叫羅拉，是國會外圍活動分子。他和她有過糾紛，她一直要求他離開妻子和她在一起。賽爾貝有所迴避，她就一直跟蹤他到了飯店。現場有人指證，羅拉放了兩槍後，把槍對着自己，迅即被人制止，槍掉在地上。

綜合上述情況，控方已有非常充足的證據起訴羅拉。至於羅拉自己的證供，拒絕承認也好，詭辯也好，可留待法庭裁決。控方應該起訴，毋庸置疑。令人詫異的是，驗屍官們有不同意見。有人說胸部那槍是致命的，有人說是腹部那一槍，爭辯反覆，最後大家取得共識：羅拉手槍發出的兩槍是致命的。延遲起訴顯然並非為了搜證。進而言之，殺人動機是屬被遺棄還是受騙等，已無關重要，僅供法庭判刑參考。

輿論譁然

案子成了轟動一時大新聞，舉國譁然；有關人物的身份、背後的動機等都成了話題。報上曾經報道：「……多年前的

一個可愛的孩子，華盛頓社交場中美麗的女王——卻在紐約監獄的一個潮濕陰暗的牢房裏，坐在她那小床鋪上哆嗦着。」連串的探訪，記者的渲染，差不多一面倒。同情羅拉的居多，有人甚至猜測：羅拉殺人是一時精神錯亂。羅拉的好友們一直在國會中斡旋，希望國會了解羅拉是個善人，而賽爾貝不過是一名貪污的政棍。由於國會休會，法院宣佈案件延期到二月才開審。與案子有不同利益關係的人，除繼續造輿論外，還在國會中遊走，請律師四出活動，政治與法律混淆不清。因此，一時之間，大家對審案都不再那麼着急，反而是愛看熱鬧的百姓顯得不耐煩了。

模糊的起訴書

案子一拖再拖，差不多過了一年，檢控官的起訴書仍是模糊不清、不明所以：

> 被告可能是用槍把他打死的，也可能是用左輪槍、散彈槍、來福槍、速發槍、後腔槍、連珠槍、六響槍、步槍或是某種別的兇器，再不然就是振打彈、大頭棒、切肉刀、獵刀、削筆刀、車鈎、短劍、簪子，或是用好的鐵鎚、螺絲刀、釘子、或是其他任何兇器，各式各樣的傢伙；地點可能是南方飯店，或是其他任何飯店，不知甚麼地方，日期可能是三月十三日，或是耶穌紀元以及其他任何一天。

（原著 454 頁）

這樣的起訴書，簡直不知所謂。從中看來，根本就無法確認兇器、地點、時間，因而無從證實羅拉謀殺了賽爾貝。事實上，據現場目擊者及羅拉的口供，上述資料經已確認，起訴書無需再予核實。這樣的起訴書，表明檢控官作為公訴人玩忽職守。作者在小說中指出，進入法庭的檢控官和他的助手，花了近一年時間，竟然作出這樣荒謬的起訴書，並讓書記官當庭宣讀（香港法庭稱控罪罪項），實在昏聵至極。像這樣的起訴書，絕對不會在今日法庭內出現，要不然，被告的律師立即就會陳詞，申請撤銷控罪，最簡單的理由就是控方根本無法證實被告犯下該項控罪。不知是故意還是戲劇性延伸，被告律師布雷木竟然沒有反對。他的名氣很大，只是仔細打量全場，脫下手套，露出圖章戒指，從口袋裏掏出一把象牙柄小刀來，開始修甲；同時還慢慢地前後搖動他的座椅。接下來，選擇陪審團足足花了四天時間，選出來的都特別符合布雷木的要求。選出陪審員時，檢控官可沒有哼一聲，陪審長竟是被告律師的好友。

審判

控方證人大都根據事實在證人台上說出了所見，雖然證供在盤問時呈現反覆，但整體來說，依然是忠實的。最後連賽爾貝上校臨死時說的話也呈了堂，毫無疑問，謀殺案表面證據成立。但小說表明，聽審席上的人大都同情羅拉。

接着輪到被告律師布雷木陳詞。布雷木態度和緩，但每

句話都很清楚。布雷木的陳詞，使陪審團為被檢控官「無情迫害」的羅拉打抱不平，他們「人性的良知」被喚起了。布雷木將羅拉坎坷的命運毫無保留呈現在陪審團面前：原來她遭到喪盡天良的蹂躪而陷入黑暗，受盡精神上的壓迫。布雷木又將賽爾貝形容成披着人皮的惡魔，用賴婚的手段欺騙了羅拉，蹂躪玩弄幾個月後拋棄了她，令她精神錯亂，幾經掙扎後重新站起來卻再遭賽爾貝威脅，要她做他的情婦，迫使羅拉不能對自己的行動負責，陷入了徹底的精神錯亂。布雷木的陳詞贏盡了人心，有些聽眾竟然在庭上哭了。

控辯雙方的爭辯，足足進行了兩天，雙方均廣引案例，案例中有各種相互矛盾的判決。這樣反而使雙方的爭辯都有例可援，都站得住腳，到後來倒是令庭上的人也弄不清楚那些法規案例究竟是怎麼回事了。而布雷木提出的精神錯亂，是否適用，案例中有予以肯定，也有予以否定的，顯然有些混亂。

作者在小說中，並沒有建議雙方傳召醫生證人作供，提供「精神錯亂」的定義，目擊證人的供詞不能指證被告精神錯亂，只能描述其行為的特徵。而布雷木傳召郝金士太太作證，亦只能成為傳聞證供，這點對控方是不公平的。接着上來幾位辯方傳召的證人，所言都屬於傳聞證供或品格證人的證供，都一致地對被告羅拉有利。就算法官正確指引陪審團篩選證供，也於事無補。陪審員是非專業人士，要他們篩選已經深入為主的證供是相當困難的事，而篩選與否，屬個人心態（State of Mind）② ，外人亦無從得悉。

布雷木最後還作了這樣的陳詞：

> 各位先生，我們都是人，我們都做過罪孽，我們都需要慈悲，你們是社會的監護人，是社會遭受迫害者的監護人，我並非要求你們大發慈悲，我只是要求你在人生最後一刻所需要的那種公正的裁判……這位歷盡滄桑，飽受踐踏婦女的性命，就掌握在你們手裏了。

檢控官在回答辯方陳詞時逐一回應，無情的事實再次喚醒沉醉在感情言詞中的人心，檢控官指出辯方證人的供詞只不過重複不切題的表白，為的是博取同情，並不足以使荒謬絕倫的精神錯亂之說顯得有絲毫的可能性。檢控官的陳詞是理智的，沒一點感性存在。作者公平地描述了控辯雙方的行為，但在讀者心中這顯然有些紊亂。雙方看來興許都是對的，也都是錯的，作者在這裏是否暗示這樣的法律不是「真金」，只是鍍上了金的色彩，是否暗示法律與人情混淆不清，還存在很多灰色地帶呢！

裁決

法官對陪審團的提示顯得很公正，不偏不倚。他指示最後裁決必須是無罪釋放或是一級殺人罪。如果陪審員覺得羅拉是在理智健全和有預謀的情況下犯了殺人罪，就是一級殺人罪；如果覺得羅拉是喪失了理智，是精神錯亂，無論是遭

傳或偶發性的，則謀殺罪就不成立。小說描述，庭上的情緒是偏袒羅拉的，但這點從陪審團臉上是看不出來的。最後陪審團還是要押後到次日才裁決。羅拉的親友已準備，一旦裁決有罪，就得重新展開對國會的遊說，例如重審等（Re-Trial）[③]。羅拉的親友賽勒斯甚至說，如賣地成功，翌日就可將 100 萬元匯到紐約，叫律師們軟硬兼施，運動法官，總會如願以償，紐約的律師絕對勝任，還可能會弄到一份中止聆訊狀等等。陪審團多次延誤，羅拉親友在國會工作亦未能如願。在幾乎絕望的情況下，法庭宣佈開庭，並作出裁決：羅拉無罪。小說中並無詳細解釋無罪的裁決。全庭頓然沸騰歡呼，秩序大亂，婦女們爭相擁抱，律師布雷木頓然成了英雄，最後法庭頒令將羅拉釋放。（作者在小說裏開了讀者一個玩笑，誤傳羅拉送往精神病院終老，是誤傳還是暗示，則不得而知了）。

羅拉一案利用社會本身的弱點做武器，戰勝了法律；法律公正的外表，看來像純金，哪知卻是鍍了金的金屬而已，令人不勝唏噓。

結論

小說結構仔細，情節安排巧妙，懂得利用法律的漏洞和群眾情緒影響裁決者的心態，甚至利用（或已實施）政治的影響力去左右案件的裁決，由此足以證明：馬克．吐溫除幽默外，對法律認知深刻。在他筆下，羅拉代表律師多次成功

讓沒涉案的證人，分別在庭上為羅拉作證，以壓倒性的傳聞證供，使陪審團早就認定羅拉是受害者，所以自然對她是同情多於責難。羅拉的律師布雷木在挑選陪審員的時候，懂得挑選一些知識不高的平庸之輩，以便易於説服。陪審團的心態從來是難以捉摸的，而小説中的檢控官表現又屬平平（因此連檢控官的名字也懶得提起），這使庭上聽眾和讀者看來，雙方實力相差很大，事實上，他們背後的政治角力，對法庭裁決的影響是絕不容忽視的。十九世紀七十年代的美國，由於民主黨和共和黨為了爭奪政權互相攻擊，貪污舞弊、欺詐投機洶湧氾濫，地方官吏、立法司法機關以及工商新聞界的人彼此互相勾結，連參眾兩院議員甚至總統都受牽連。表面璀璨的金黃色外殼，其實不是金銀，只是鍍了金色的物件，由於醜聞層出不窮，社會漸漸覺醒，所謂的「黃金時代」徹底地站不住腳了。作者在《鍍金時代》裏所描繪的，也正是這幅所謂「金光燦爛」的圖案。羅拉的遭遇，案件的聆訊，都是作者筆下的「角色」，透過這種社會「角色」，充份表現了那是一個甚麼樣的社會；更重要的是，司法的制度，案件的聆訊，背後都有強大的政治力量操控，要談司法獨立是何等困難的事。

---

① 原書由馬克‧吐溫和查理‧華納合著，見序。本文參考張友松、張振先合譯的《鍍金時代》，江西人民出版社，1983 年。
② 心態：泛指個人內心世界對事物的想法、價值觀等。
③ 重審：前次裁決擱置，案件重新聆訊。

遊蕩

千斤的雙腿在腳下顫抖
庭上的眼神冷然射來
無從的躲避
每一個細胞戰慄
驚惶的雙瞳噴發千般無奈
我告訴你我是在流浪
你卻在我吶喊中抽離
仍以遊蕩罪判我三月徒刑

熙來攘往的行人中
我的眼神落在喧囂的千色裏
好奇的徘徊
他們說我的眼神在凝注
在尋找墮落的縫隙
那個是你，那個是我
人潮裏所有的目光都在飄浮
獨我的注視成為罪惡

當別人的目光在我眼眸中溜達

我遂搖晃地背負

一身的橫眉

註：遊蕩罪乃香港法例第二零零章，第一六零條。

《律令》——法律的實質與命運

　　法律與文學屬兩種不同的意識形態範疇，近年受到法律界、文學界及學術界廣泛重視。這種涉法文學的研究，多年前已正式成為學院的研究項目及學生修讀的科目了。一般來說，法律學者注重立法文本，法律條文的表現形式，不會牽涉到現實中受法例影響的社會活動。而文學則恰恰相反，是將這些條例在生活上的影響，栩栩如生描述出來，把司法、執法活動過程、結果、影響等描述得淋漓盡致。一些偉大的文學作品，幾乎將美國法律社會學家龐德對法律包含的各種意義，全數表達出來。法國的龔古爾文學獎①眾多得獎作品中，就不乏涉法文學的巨著，如羅歇·瓦揚的《律令》②便是其中佼佼者。

　　羅歇·瓦揚（Roger Vailland 1907-1965）是法國著名小說家、評論家和劇作家。早年畢業於法國著名學府巴黎高等師範學校。年輕的時候，他活躍於社會運動，一度參加超現

實主義文藝活動，並創辦了《大遊戲》雜誌，後來當過《巴黎午報》和《巴黎晚報》的記者。二次大戰時，他曾投身抵抗運動，並撰寫了一些評論文章。戰後 1945 年，他發表了第一部長篇小說《魔鬼戲》，獲當年的聯合文學獎。此後發表了多部小說，而 1957 年發表的《律令》，更獲得當年著名的「龔古爾」獎。羅歇·瓦揚 1952 年加入了法國共產黨，但於 1956 年因匈牙利事件退黨，此後較少參與政治活動。

《律令》一開始就已令人震撼，作者把一座司法大樓描繪成法律與生活的連結體，五層高的建築物，底層是監獄，第二層是警察分局，第三層是法院，第四層是警察分局長的居室，第五層則是法官居室。這樣的分置，在香港是不可思議的③。法院就是法院，沒可能法官、警察、囚犯都住在同一座建築物內。小說裏描述法官的妻子被警察局長多番引誘而變成蕩婦，法官最後更被排斥而離開當地。小說充份展示了法律與生活上數不清的恩恩怨怨。小說的命名《律令》並不是只闡釋為法律，從小說的內容看來，是有人利用法律發號施令，凌駕於法律之上，隨他的意欲執行他的「法則」，而非法律。這些濫用法律的人並非全是執法者，主要是貴族地主財團。小說中的貴族唐·塞扎爾，地主唐·呂格羅等就是這種人，發號施令，可以任意打斷案子調查，包庇手下顛倒是非，置法律於不顧，倒行逆施，雖則法官吵嚷要維護法律，但體弱多病，生活形象一塌糊塗，自然亦無所作為。試舉一例子，瑞士遊客夾有巨款的錢包失竊一案中，唐·塞扎爾明知盜竊者就在他身邊，又有目擊證人酒吧侍者朱斯托

見過唐‧塞扎爾的手下布里岡曾從口袋裏掏出過瑞士人的銀包，而後來銀包又在布里岡的密室找到，布里岡也被逮捕了，然而他的好友警察局長在「單獨偵訊」④的時候兩人一串通，就把目擊證人朱斯托反誣為罪犯，輕而易舉投入了監獄。而朱斯托求助無門，只能乖乖服刑。法律條例本身認不得誰是誰非，只是執法的人擅自扭曲，利用了法律將法律變成強行加諸異己頭上的律令了。誰說法律是公正的呢？

羅歇‧瓦揚的《律令》所描述的二十世紀的意大利，依然是暗無天日，無法無天。代表公正的法例哪裏可尋？小說中的法官阿勒桑德羅雖然沒有甚麼劣跡，尚算勤懇，興奮的時候也嚷着維護法律，伸張正義，但他自己患了瘧疾，卻又對年輕妻子唐娜有着強烈的性需要，形象病態，自身難保。他的外表令人煩厭，加上瘧疾纏身，常常全身冒汗，發抖，性格尤其軟弱，言行不一。妻子又經常讓他戴綠帽，並勾引警察局長，兩人的淫行使唐娜更加放蕩，不斷更換情夫，與囚犯眉來眼去，阿勒桑德羅只能忍氣吞聲，最後還得離開這個濱海城市。作者透過法官阿勒桑德羅向讀者暗示這個社會的法律軟弱無力，虛偽誇張，病態畸形。小說中圍繞着法官被瞞騙，被揶揄，被欺辱，被拖垮來暗示這裏的法律就是這麼一回事。

作者在小說中對這地方的佈局，法制的腐敗，似乎一早有預見。土豪惡霸，貪官污吏等等的出現，似乎都是為了主角少女瑪莉埃特而佈下的伏線。瑪莉埃特年輕漂亮，自然成了唐‧塞扎爾及布里岡的獵物。作者表面上將她描述成受害

者，隨着故事的發展，讀者看到瑪莉埃特野性的力量及如何
周旋於小流氓及法律之間，而且獨立於權貴布里岡的律令
影響之外。當布里岡意圖強姦她時，瑪莉埃特以她的聰明、
狡黠、手段及柔韌之力，保衛了自己的貞操，並且給布里岡
一連串慘痛教訓。她取了布里岡的小刀並在他的臉上劃了
十字，使布里岡羞於見人，威風頓減。作者是要讓讀者感
到以牙還牙的痛快呢，還是想說在無法無天的地方裏，只能
以暴易暴呢？但看來這只是故事的前奏，接着在另一個高潮
驟然迭起之後，讀者才看到瑪莉埃特真正的一面，她無情、
心狠，以狠的方式對待狠，對自己的母親和姐姐都是一樣；
她向上爬，最初沒有人看透她的處心積慮。她可以用收益豐
厚的果園換幾公頃海濱沼地，後來她變成這濱海黃金旅遊地
帶的大老闆，並且將布里岡收歸她麾下，繼續擴大權力，無
法無天的主宰着這濱海小城，成為另一個發號施令者。

　　羅歇‧瓦揚的《律令》，除了對人性的姦淫邪盜有極其
細緻的描述外，最重要的是它以嘲諷的筆調，暗笑法律的無
能，而真正統治小城的是不存在於法例中的律令，有人在
「律令」下痛苦的過活，幾經掙扎後成了發號施令者，布里
岡和瑪莉埃特都是例子，法例是否真的如此軟弱無力呢？還
是人為凌駕於法律之上呢？法官的形象行為在百姓的眼中
是非常重要的，但小說裏法官阿勒桑德羅卻軟弱無能，正如
香港人常掛在嘴邊的一句話「說起來像是天下無敵，做起來
卻是有心無力」，虛偽誇張，眼見妻子勾三搭四，私通警察
局長也不敢言，明顯地他自己也不相信法律，更不相信法律

的懲罰，於是敢怒而不敢言了。他的退讓，只為他帶來受壓迫而遭放逐的命運了。

從小説獲得的提示，説明小城有兩種法則：一種是法律，另一種就是律令了。老百姓一直以來所遵從的卻是律令，而不是政府的法律，這都是因這種律令與社會生活關係密切，老百姓日常生活都離不開權貴、流氓，再加上貪官污吏、庸碌無能的法官。羅歇‧瓦揚就是要告訴讀者：法律的實質與命運是相互影響的。當政府的土地徵用規劃突然制訂出來時，法官在五樓自己的家中，私下裏他強烈支持農業工人，但是到了樓下第三層法院，在審判廳裏，他卻又按照政府的要求，判農工們有罪。連他的妻子唐娜都看不起他，説他毫無主見。整個故事圍繞着一團糟的小城描述，每一個角色都與法律沾上了邊，但都繞道而行，走他們自己生活上因循的、律令的路。

① 1903 年創立的法國龔古爾文學獎，地位顯赫，由龔古爾文學院的十位院士組成，每年評獎一次，至今已有九十三年歷史，是純文學獎項。
② 小説標題 La Loi，原意是法律、法則、命令等。本篇譯文參考柳鳴九主編，「龔古爾」文學獎作品選集《暗店街》，北京師範大學，1996 年。
③ 戰前南九龍法庭（又稱循理府）及舊粉嶺法庭均設有法官居所。現在所有香港法庭大廈均作法庭審案用途，設臨時羈押處，扣押等候出庭在押人士。
④ 單獨的偵訊，沒有律師或其他人在場。

六月飛霜

今早的天氣令人打一個冷顫
白日的天色躲得老遠
庭內寒風逆轉
滿是摺縐着連串的不詳
你孤獨眸子凝固了命運
仲夏的日子倉皇出走
庭裏庭外是誰迷失了方向
六月竟有飛霜雪下

晶瑩的淚眼下隱藏着
四個月的囚禁
聽眾席上小孩嚎啕的哭聲淒涼
我沒法回望，也不敢回眸
一包餅乾扣鎖百多個天日
我未能拆解高台上的
深邃虛無的忖度
目送你被押解離去時有嫣紅滴着

誰帶走情法也帶走了我
庭內一切依舊繼續
除了冰冷的記憶外
甚麼也沒有

從《信》論法律上的雙重處罰

　　《信》是東野圭吾剖析社會現象、風格獨特的推理小說，曾被拍成賣座電影《手紙》。原著作於 2003 年，得過第 129 屆日本直木獎，在日本銷售量突破 150 萬部。內容敍述做哥哥的剛志失業，但為了籌措弟弟直貴讀大學的學費，鋌而走險潛入豪宅行竊，錯手殺了屋主，造成無法救贖的錯失，從此改變了兄弟倆人的命運。剛志被捕入獄，只能靠通信與弟弟聯繫；一封封寄自高牆之內的家信，寄託了哥哥對弟弟的無盡牽掛。可是，他一直不知道自己突如其來的犯罪也為弟弟帶來了無盡的噩運；背負殺人犯親人的精神債務，家人與弟弟同時受到社會的排斥和歧視。

　　法律應該懲罰犯罪的人，然而社會的所謂正義，間接也懲罰了受害人的家人和罪犯的家人。這是法律的遺憾。人們不禁疑惑：除了法律規範的懲罰外，這也算是一種公平的處罰嗎？這些有形無形的其他處罰，社會應如何看待呢？在東野圭吾作品中，理性與感性並存，而本文則純粹從法律的觀

點上去探索作者意圖表達的法律思維。

剛志任搬運工人，因腰傷無力工作，但又希望能夠完成母親遺願，讓弟弟直貴上大學唸書，走投無路之下，只好闖空門偷盜。路經做過搬運的緒方家時，想起緒方老太獨居於內，並無設防；許多人都說緒方世家錢多到用不完，偷它一點亦不會影響老人家生活，就起了歪念。可以肯定的是，這時的剛志，毫無殺人念頭，只想偷點值錢東西而已。

小說一開頭，作者再三描寫剛志暗忖，如果被人發現便馬上逃走，老太太無論如何追不到他的。作者還進一步描述，剛志作案時不想打破玻璃窗，改用螺絲起子，目的是不想給老太太造成困擾和驚嚇。

如果剛志偷東西時就被抓到，頂多被控盜竊、爆竊或擅闖他人地方意圖不軌等罪名而已。但東野圭吾認為，人無法擺脫命運的嘲弄，命運中注定要發生的，終究還會發生。小說處處呈現宿命論：剛志到了老太太居室的佛堂，在抽屜發現了一疊萬圓大鈔，於是放進口袋，準備逃離現場，壓根兒沒想再偷別的。經過飯廳時，見桌上有栗子，想着給直貴吃（其實是他母親生前愛吃），便掉頭去拿。就在這時，緊鄰客廳的一扇門倏地打開，站在門側的竟是穿着睡衣的緒方老太太。事情大出意外，剛志腦袋裏剎時空白，老太太一臉恍惚，隨即尖叫，嚇得剛志衝向落地窗逃走。而他的腰痛又恰巧這時發作，跌坐地上。

剛志看到老太太衝向電視櫃，拿起室內無線電話往外走，並把門關上。他聽到老太太大叫有小偷，忍着令人暈

厥的疼痛，奔前拉門，咆哮着，向正欲按下子機的老太太撲去。兩人糾纏起來，老太太咬了剛志的手一口，掙扎逃走，卻被面容痛得扭曲了的剛志揪着不放，他堵着她的嘴，她不停拚命抵抗、扭動尖叫。他想起帶來作案的螺絲起子，便抽出來插進她頸部。老太太不動了，剛志自己也嚇呆了，不敢相信自己做的事，腦袋裏一團混亂，幾乎忘了逃走，過了片刻，才拖着腳步，忍着痛以幾近爬行的速度，走出門外。由於劇痛，只得蹲在路旁，有女途人走近察看，即匆匆離去。他最後還是被捕，判入獄十八年。剛志在獄中和直貴在社會上的各種遭遇，非本文所述，現只從事實上的法律事項，加以分析。

　　故事沒有太多篇幅描述審判過程。書中第 71 頁，檢控官在公審時的陳詞是這樣說的：

　　　　辛勤一輩子的被害人緒方敏江女士，原本可以度過無遺憾的餘生，對緒方女士而言，引頸期盼的幸福時光才要開始，然而就在這個時候，被告武島剛志彷彿認定緒方女士是以非法手段獲得財富，認定從這種人身上奪取金錢是合情合理，理所當然的，並基於這種自以為是的邏輯，犯下強盜行為。當緒方女士發現有人闖入家中，想打電話報警時，被告武島剛志破門入房，持螺絲起子刺殺緒方女士。被告在一瞬間奪走了被害者好不容易等到的幸福時光。

檢控官要求處以被告無期徒刑，控方的陳詞充滿感性，但可以肯定的是並非一篇好的陳詞。東野圭吾將故事的重點放在弟弟直貴身上，想告訴讀者因剛志的犯罪，受害人竟是他的弟弟，因而輕輕地將陳詞帶過便算。我們先看這篇陳詞，存在下列幾個問題：（一）陳詞並沒有將真相或全部真相說出來，剛志是與緒方女士糾纏時殺死她，並非衝門而入刺殺受害人。（二）檢控官陳詞中說被告彷彿認定緒方女士以非法手段獲得財富這點也是匪夷所思，這種假設除了不公平外，也無事實根據，檢控官濫用「彷彿」二字可見端倪。通常控辯雙方都不會用「彷彿」，「好像」等的證據。（三）「被告認為從這種人身上奪取金錢是合情合理，理所當然的，並基於這種自以為是的邏輯，犯下強盜行為。」檢控官作出這樣的推斷，毫無根據，並沒有醫生的心理報告或任何口供作依據。況且這樣的說法，反倒像是替被告解釋求情，因被告的錯誤想法，才導致他殺人。這樣，檢控官的身份有混淆之虞。這些陳詞由辯方提出更為恰當。至於直貴作為品德證人，請求法庭酌情減刑更與控方理據相距太遠，這種情況之下，法官理應傳召獨立證人作供，以協助法官量刑。東野圭吾在小說中沒有作這樣的安排，主要原因相信是將故事的重心放在社會對罪犯家屬的壓力上，而非作者疏忽無知。這「疑點」利益是要歸於作者的，東野圭吾在他另一本著作《彷徨之刃》中，對法思就有較深入的探討了。

整部小說的結構無疑令人想到：法律的判決，誰才是真正的受害者呢？剛志的殺人並無預謀，並無強烈證據顯示他

有殺人的動機。在阻止緒方老太太致電報案時，掙扎糾纏是無可避免的，控罪若是「誤殺」較為合理，同樣可判較重刑罰，對弟弟直貴造成的傷害是一樣的，也一樣可以達到作者要闡述的宿命論，社會歧視的輪迴，法律量刑的真正影響等。

《信》是過份誇大了剛志的判刑對直貴的影響，從法理上言，剛志犯罪與直貴無牽連。在理性與文明的社會中，閒言閒語總是有的。但因家人犯法，其餘的人受到不同程度的歧視、不公平的對待，甚或刻意的「伸張正義」，這種種有形無形的壓力，都有可能觸犯法例。這部小說出版於 2003 年，日本法律理應涵蓋「私隱」、「歧視」等法則的認識，對直貴的遭遇就不應有太大的責難，一般市民理應明白直貴並無刑責，更不應在求職、愛情、生活方面歧視他。東野圭吾是不是想喚醒市民對刑罰對象應有清晰的認識呢？作者沒有將剛志為了籌集弟弟的學費而犯案，作為求情的理由（見檢控官陳詞），反而將一種社會歧視加之於其弟直貴身上，一人犯罪，其家屬無辜「受罰」，這又是否法律上罪與罰的公正定義呢？為了擺脫罪犯家屬的負累，迫使直貴最後要斷絕與剛志的兄弟關係，這實在是刑罰的一種遺憾。

筆者認為，東野圭吾成功描述了兄弟情；但為了加重直貴在社會上遭受的沉重惡意與歧視，賺取讀者的同情，東野將所有可能的社會敵視惡意，都放諸直貴身上，這與現實社會是不相符的。作者忽略了社會的同情心，百姓對法律的認知會促使他們雖不致同情直貴，但肯定不會落井下石，逼迫

犯罪者無辜的家屬。由於作者用了大量篇幅來描述直貴的體驗、怨懟與哀傷,多年來的艱辛與家庭的痛苦,讓讀者在讀畢小說後,禁不住問:犯罪的是剛志,幹嗎受罰的卻是無辜的直貴呢?

在講求人道的社會裏,坐牢雖喪失了自由,可也生活無憂。但是在牢獄外的蔚藍天空下,又有多少像直貴的人生活在逼迫的壓力下,喘不過氣來呢?!

譯文參考張智淵中譯的《信》,台北獨步文化,2009 年。

一對運動鞋的自白

幸福的語氣在炫耀

才剛滿十二歲女孩的腳下

跳躍出一股童稚

一臉可人的無邪

我感到青春輕壓在我身上

溫柔的感覺

我倆溶入了太多的自豪

每次一起踏步的日子

總有欣羨的目光來自四方

小女孩眉間的笑容無忌

你今日穿着我踏足庭上

卻為我帶來無法揉散的陰鬱

我驚訝於你為了我

赤裸的胴體坦露發育未全的

無知

在霹靂風暴蹂躪下

贏取了我

當你再踏着我的時候

我的軀體在蜷縮滄桑

你撐出的笑容仍在追逐

我卻無力再攀援

我看到年華逝去

來日的辭行很近

《法律的悲劇》
——一本揭露法律界面目的小說

令人震撼的法律推理小說《法律的悲劇》，是席瑞爾‧海爾（Cyril Hare）所作。他身兼律師、法官和推理小說家，畢業於牛津大學，曾任職英國著名律師事務所。

通過小說，作者揭開法律界的神秘面紗，暴露了不少法律人虛偽的一面。書名「悲劇」，正代表了作者對此等行為的無奈和不滿。律師在香港享有高尚社會地位，受人尊敬，政府委任的諮詢顧問，多有律師資格。事實上，他們對社會的貢獻頗大，在維護社會核心價值上功不可沒。可是，熟悉美國文化的人大概都知道，在美國人心中，律師是令人生厭的行業。美國法律界有這樣的笑話：某地方郵局發行以律師為主題的郵票，但不久馬上叫停，原因是郵局職員發現，市民總愛在郵票的律師相片正面吐口水。一般美國人認為，律師總脫不了「狡詐」、「吸血鬼」的形象，但有事卻不能

不跟他們打交道。美國人動不動喜歡打官司，在餐館吃飯噎着了要告餐廳老闆，走路跌倒要告施工單位，鄰家花園枝葉伸進自家要告鄰人侵權。有一案例，更令人匪夷所思：一位診所醫生下班駕車回家，途中目睹交通意外，有青年受傷，馬上下車協助急救，青年感激非常。誰知過了多時，有律師得知事件，鼓動青年告醫生違反執照規定，在診所外無牌行醫，要求賠償。律師與青年商妥告不成不收費，獲賠則償金攤分。雙方律師最後協商賠償了結，青年恩將仇報，還理直氣壯。香港則有這樣的笑話：有人勸朋友，有女不要嫁律師，因為律師「是非不分」，「捩橫折曲」。殊不知女孩喜嫁律師，因為收入好且受尊崇。

《法律的悲劇》[①]（Tragedy at Law）是席瑞爾·海爾最滿意的小說，也是他獲口碑最多的小說。筆者以為，與其說此書側重推理，不如說是藉推理揭露千絲萬縷的法情、形形色色法律人的內心及庭裏庭外的眾生相。

主角帕第古，是個有血有肉的失意中年律師，對人生有夢想、有正義感、對不公義的事情有質疑，絕非趾高氣揚的「吸血鬼」，而是與你我一樣的平凡人，因此其角色便輕易贏得讀者認同。小說並不迂迴曲折：帕第古碰上一樁命案，破案過程中，發覺自己具有偵探專長。但他並不因此而沾沾自喜，仍全心要在法律界闖一番事業。這種心思一直陪伴着他。

小說以很大篇幅描述法律人的虛情，行業內的白眼。帕第古一再遭受法官打壓，他自信聰穎，對於伸張正義有滿腔

理想，誰知渾渾噩噩一晃，二十多年過去了。他不但做不成皇家律師（Crown Counsel），也沒成為律師公會的委員或理事；他沒賺大錢，也沒成家立室，畢業時的理想似乎都破滅了，挫敗感深重。他經常自問：究竟是哪裏出錯了，自己缺少了甚麼，是缺少了性格、才智和運氣之外的某種特質嗎？海爾沒有給讀者答案，只是通過帕第古的工作與生活，給了讀者一點提示。也由於這些提示，讀者看到了法律人的另一面。

小說一開始，就這樣描述巡迴法庭法官巴柏勛爵：「他還不到六十歲，不容否認的是，穿着便服的他實在不夠稱頭，衣服總是鬆垮垮的掛在瘦長的身軀上，舉止老是慌忙魯莽，聲音既刺耳又高亢。但是，法袍畢竟能給人（特別是威儀不夠的人）增添效果。寬大的袍子遮去他笨拙的身軀，圈住臉頰的假髮強化了他的鷹勾鼻的嚴厲形象，也掩飾了他的嘴部與下巴的缺點……」這樣的形容，表達了對法官講派頭的不滿。當然，法官的品德不能用外表來評論，巴柏的自大使他和當地官員格格不入。每一樣想要，或想別人去做的，他都會故意假別人的例子提出要求。法官對出巡時沒有盛大歡迎儀式很不高興，在參與招待巡迴法官的午宴上，帕第古以一個小小的幽默，使法官不快。他深知，如果巴柏法官對辯護律師懷恨在心的話，會把他所代表的當事人定罪處死。帕第古為此懊惱不已。

巴柏在午餐上說：「……我強烈希望有更多罪犯被處以極刑，例如，慣竊或莽撞的機車騎士，我想該把他們都吊

死，他們最好從這個世界消失。」一位法官存着這樣的心態，是極度危險的，人們怎能期待他處事不偏不倚呢。在場的一位牧師遂馬上當眾宣告他的信念：「然後，他們就會找回公義。」這舉動出人預料，而更使人驚訝的是，牧師言下之意是，在高等法院的判決之上，還有更高的公義存在。這樣的頂撞，使午宴的談話戛然而止。午宴因巴柏法官的傲慢變得索然無味。而在巡迴審判的首站，法官就接受律師團的宴請，也實在很不尋常。

筆者記得，在香港司法界發生過與法官量度有關的兩件事。這兩件事除彰顯香港法官的良好（Judicial Temperament）②官品外，更成為司法界津津樂道的幽默，絕非小氣的巴柏法官可比。

一位七十年代已聲名顯赫的外籍大律師 S 君，在審訊時常與某法官意見相左。一次，他在區域法院剛巧又碰上這法官主審。法官出庭的時候，所有在庭人士均需起立，以示對法律的尊敬。S 君卻屈身在長桌下，沒有站立，法官隨即問："Mr. S, what are you looking for?"（S 君，你在找甚麼呢？）S 君不慌不忙回答："Your Honor, I am looking for justice."（我在找尋公義。）如果是這小說內的巴柏法官，看來早已暴跳如雷了。但據聞當時的審訊氣氛還不錯呢！法官並沒有「公報私仇」。

另一位外籍法官 M 君，八十年代由裁判官做起，歷任總裁判官、高院法官。他也是第一位在庭上用打字機代替筆錄的法官。有一單案件，代表被告的是一位出色的大律師。

大律師的規範很多，庭上大律師互稱 "My learned friend"
（我充滿學識的朋友）③，但這是對同為大律師輩份的人才
用，對法官及控方則極少用（現在已較隨和了）。該大律師
對法官不用常稱 "Your Worship" 而一而再、再而三地用上
"Your learned magistrate"（你充滿學識的閣下）——這可
被視為嘲諷，法官亦沒有不悅，而是含笑糾正大狀說："I
am not learned,' 再指着主控官說："He is not learned," 隨
而笑着對大狀說："Only you are learned."（意即我非大狀，
主控官亦不是，只有你是。）庭上是需要嚴肅的，但只要三
方保持幽默包容態度，審訊還是滿有意思的。

筆者八十年代在新蒲崗法庭遇上的一位法官，脾氣也
很不好，但仍有氣度、主持公義。聆訊當中，被告的大
律師鄧漢標在處上陳詞時，禮貌地稱控方為 "My learned
friend"，誰知該法官頭也不抬，大聲道："No!"（不），
大律師不明所以，繼續說 "My learned friend"，這時
法官不耐煩地大聲說："He is not learned, he just a lay
prosecutor."（他不是大律師，只是一位非專業的主控官。）
（因為該法官亦是大律師身份）我當時年少氣盛，視法官
的言語為不當，隨即站立回應說，既然法官那樣執着名稱，
那我極樂意糾正閣下用語，根據裁判司條例第十三節及憲報
登載，應稱主控官為 "Public Prosecutor"（公眾檢控官），
這位法官隨即站立，宣告休庭，並叫書記官召我入內庭，我
拒絕了。後來案件也輸掉了，該位法官更向律政司投訴。但
真理仍在，卻教人忐忑不安了好一陣子。還好，後來再在其

他裁判法院共事，沒有留下嫌隙，合作順利得多了。

說到審訊過程中，巴柏常給辯方作明白提示（Court Indication）④，該日下午的謀殺案他就暗示不會判死刑，被告也隨即俯首認罪（這樣的「法庭提示」在七、八十年代的香港，亦經常出現，好處是能迅速完成堆積如山的案件，減少積壓，惟弊處更多）。第一日的審訊完畢後，法官隨即與律師在最好的飯店晚宴，並與首席律師（律師會會長之類）並坐，而帕第古被安排遠離巴柏。帕第古坦承，他痛恨偽君子。因此，當他聽到巴柏對那些不知他底蘊的吹噓自己是巡迴審判傳統的真正繼承人及審判的活資產時，不禁怒不可遏。

可是帕第古自己真的是這樣富正義感的人嗎？我們試從一件法官涉案的交通意外來看：帕第古刻意隱瞞巴柏法官涉案及他的駕駛執照過期，他這樣對另一位當事人律師說：「如果你打算當律師，絕對不可以說出去。」帕第古告誡他：「我怕你會因理想而受苦。」這是對新進律師的善意勸戒，還是自己身在現場，怕受牽連，或仍想討好法官？但該新進律師一如當年帕第古般充滿公義感，他這樣回答：「我不懂他為甚麼應該享有特殊待遇，就因為他是法官？」帕第古隨即搖着頭說：「不是這樣好的。」「你難道不知道，整個體系所仰賴的，就是他們這些人享有異於常人的待遇嗎？個別看待他們當然是很不好，也會讓一些腦筋不清楚的同僚因此趾高氣揚，但是就法律整體而言，這樣做卻是有好處的。這也就是為甚麼我們要盡全力支持這個作法，不，」他繼續說：

「真正令我有興趣的問題是，有哪一個法庭有管轄權，審訊在巡迴審判期間違法的法官。你知道，他等同國王，而國王不會做錯事。⑤但我認為有人會或曾挑戰過這問題，沒有人有勇氣在這種情況下起訴法官。」帕第古的意思，一是執法者享有特權，可凌駕於法律之上；二是法律本身有漏洞，政制有漏洞，這些都是法律的悲劇。帕第古還說以前的法官，在巡迴審判期間，做過更多無法無天的事。他繼而要求新進律師德瑞克守口如瓶，秘而不宣，這樣做，便是掩飾、串謀、妨礙司法公正了。作為律師，不管甚麼原因，這都是絕對錯誤的。

最後帕第古唯恐有失，更要求新進律師再稍加掩飾，雖然他倆都在現場，卻暗示不會有目擊證供。海爾筆下的帕第古原本是一個充滿正義的律師，也曾想好好創一番事業，但由於未能同流（還未至於合污），事業失意。作為一位中年律師，有哪種失落？哪堪與其他在法律界叱咤風雲的同僚相比？他不得不想：究竟自己錯在哪裏？他在巡迴法庭上一再遭受法官的打壓，他與法官巴柏的角色，令人納悶：法律界兩大支柱的種種表現，是否讓讀者看了心有戚戚焉？故事的發展也闡述了巴柏怎樣靠同為律師的夫人而在事業上更上一層樓。那種夫人外交，讓深諳官場運作的人來說，有更深的體會。巴柏本人登上高位後，更肆無忌憚，他夫人希達亦相信巴柏蓄意揀擇案子處理，這是身為法官要避忌的。況且被告人與他的關係千絲萬縷，他根本不該接下那些案子的審判工作。巴柏除了判那被告人重重的刑期公報私仇外，更在

審訊時百般羞辱他。怪不得帕第古對其他律師提到這件事的時候，大罵巴柏「禽獸不如」！就連巴柏法官的書記，也在被斥責時高聲回應巴柏：「……如果法律不是嫌貧愛富，你就該站上被告席了！」小說末了，法官被自己太太謀殺了，而帕第古卻成為偵探，破了這件案子。

作者透過偵破謀殺案，揭露當時英國法律界一些積重難返的虛情與陋習，使懂得法律的人可藉法律鑽空子，為非作歹。巴柏的夫人本身亦是律師，整件案子的設計、審理、破案均由法律人包辦，這就明顯地說明了作者特意將書命名為《法律的悲劇》，實在是饒有深意焉。

① 席瑞爾·海爾著，李靜儀譯《法律的悲劇》，台灣遠流出版社，2005 年。
② "Judicial Temperament" 官品，泛指法官在庭上的操守。
③ "The Learned Friend" 或譯作「博學之友」，大律師彼此間之互稱，庭上用語。
④ "Court Indication" ──庭上的提示，暗指法官對審訊作出的暗示。
⑤ 「國王不會做錯事」，英國的公訴均以國王之名起訴 "The King can do no wrong"。

地下鐵的誘惑

當所有的倉房關閉後
我依然在發抖
肌肉的扭縮在延伸
骨骼在稍作移動後
像骨牌般地散落
在黑漆的夜中叮噹
那曾一度亢奮的血液
害苦了我的血液
像蛇舌般在身上亂竄

所有的懊悔在腦海中反覆
擠擁車廂內盡是美麗的胴體
袒露的雪肌卻以高速
飛奔直插我雙眼
努力閉目後依然是瞪着
我竭力控制我能控制的
你不該在下一站時推擁而進

推擁我墮下再不能自拔的深淵
該詛咒的雙手仍在我腦後訕笑

幸福在我身旁偷偷地溜走了
雖然滿眼淚花滴着夢魘的鮮紅
當春天再來的時候
我會以這裏蜷縮着的日子
抗拒你於千里之外

也談《被告：香豌豆》

　　這是一本由傳媒人查小欣與李偉民律師於 1995 年合著的涉法愛情小說，很大篇幅描述離婚案件的爭鬥，又有律師捲入與當事人的戀愛故事，但並非透過一個離婚的愛情故事來闡述一些法律思維，或指出法律本身的灰色地帶。誠如小說封底介紹：「是一個震人心弦，高潮迭起的愛情故事……」至於小說封底所言「是香港第一本法律小說」，筆者有所保留，嚴格來說它不算是一本法律小說。1988 年波斯納教授出版了《法律與文學》一書之後，關於法律小說已有了比較正式的歸類。

　　為說明我的觀點，試引述小說本身簡介，「英俊富商傳天俊戀上空姐香豌豆，身患惡疾之後把遺產留給這情婦，他的妻子洋金鳳聘請失意律師單正人為她打官司，奪回遺產。單正人卻為香豌豆所迷，而洋金鳳亦打算和丈夫同歸於盡。官司是否非黑即白，誰勝？誰負？又或是正如人生，官司也可妥協收場？」明顯看出這是一部涉法小說。

一部作品，一齣戲劇，也許全部都在描述法庭審訊，律師、立法、司法、執法人員等等，但卻不能簡單由此斷言就是一部法律作品，只能充其量說是一部以法庭、以律師、以執法人員為背景的小說。台灣律師公會早年就曾以何謂法律小說等作出商討，未能有定論，最後亦不了了之。

不過筆者這樣說，並無否定這是一部扣人心弦的小說。其中一作者查小欣對各式人物的描寫觸覺敏銳，因為她具有傳媒的豐富經驗，能深刻捉摸到人性，善惡分明，賺人熱淚。李偉民以律師身份，描述離婚案雙方的糾纏，描述情理衝突更是份外精彩。他認為法律不等於道德，不等於公義，只是針對人類行為矛盾而產生的一種遊戲規則，一種解決方法。法律上合法的，不一定合乎情理；而合乎一般邏輯的，卻又不一定合理。像《被告：香豌豆》便披露了「法律是有錢人的公正」的這一種深入民間的看法。小說的第44至51頁闡述律師單正人代表多次觸犯露體狂的被告向法官求情輕判，假若沒有錢，不可能多次聘請私人律師及向專科精神醫生索取醫生診斷證明（很多被告都是事後才看醫生索取報告的）。作者雖然沒有說明是哪一級法院，不過從字裏行間的描述，應該是裁判法院，控罪亦是一般簡易程序。被告在獲輕判後（多次觸犯同樣罪行，仍能輕判），一出庭即向律師交付二萬元律師費，連事前的費用，合理估計單正人的律師行就至少收了三萬元（當年律師公會當值律師收費約是二千元，被告只需交三、四百元，政府外判律師約是一千五百元左右）。雖然作者沒有說明收費差距為何如此

之大，但明顯反映一個事實：一般市民，和小說中的被告，律師為其提供的服務定有差別的。作者亦正確指出了律師行先收費後始提供服務的「行規」。惟案子完結後，即在法院大堂「交收，點鈔」的情況，應該是不常見的。由於作者李偉民本身亦是律師，他有切身的體會，所以形容律師行業的情況更令人震驚：「八十年代以前，每年只有數十位律師畢業，現在每年出產五百多個律師，不外數萬元收入，可是卻要維持門面，穿好吃好，滿口英語對答，講品味和地位，收入入不敷支，矛盾和狼狽得很。」現在的情況不見得有太大改善，倒是因為競爭大，收入並不穩定，行業中挪用公款的亦時有發生。小說第五章的引子：「我覺得法律可笑，在生時候，法律容許法庭違反我的意願，強行把我的財產分配。相反，假若我死了，法庭便無從插手，一切按遺囑辦事。」不過，事實也不盡然，近幾年來，香港好幾位大家族富豪過身後，雖然有遺囑，不還是一樣在爭產方面大打官司嗎?!律師們總有方法為雙方利益有關者游說，就像小說內的單正人律師一樣，冒險偷取對方遺囑副本，聽從當事人的利誘，作出了犯法的行為。假如沒有金錢的誘惑，知法的律師又豈敢作出重大的冒險！雙方的當事人如非財力雄厚，又何來可用之兵。小說中的律師單正人在利誘與愛情之間徘徊，某方面來說正反映出查小欣和李偉民的各自功力，查小欣描述愛情魔力，李偉民則描述出因仇恨而產生的離婚及遺產的訴訟。這正如第七章的引子中說的：「理論上法律是公平的，可是法律對有錢人卻特別公平。」這不也正是《動物農莊》

所說的，一切動物都是平等的，只不過有些動物比別的更平等嗎？

作者李偉民在小說中多是透過律師對當事人的解釋來間接說明法律的含義，例如單正人向洋金鳳一口氣解釋了通姦、行為不良等離婚理由。律師陳占向傅天俊解釋遺囑的成效等等。筆者認為作者是刻意向讀者解釋一些法律常識，好讓讀者明白較深奧的法律用語，正因為如此，作者在法律思維方面就較少闡述了，不像西方的法律小說，作者大都通過小說本身來說明法律的矛盾、法律的含義、對法律所謂公正的看法等，這也是筆者為甚麼認為《被告：香豌豆》是一部以法律為背景的愛情小說，是涉法小說，嚴格來說還不能說是一部法律小說。法律小說的價值是通過小說本身，教讀者對法律的思維作出反省，重點是放在法思方面，而非言情，像卡繆的《異鄉人》闡述了個人行為，就定罪與否，及精神狀態失常是否需負刑責等提出質疑。卡夫卡的《審判》討論了很多刑事程序的不公，更抨擊了濫用法律的當權者。蘇聯作家弗拉基米爾的《女法官與男囚犯》闡述法官在人性等尊嚴與法律精神間的抉擇。英國作家佛斯特在《印度之旅》中剖析了法律背後的另一副面孔，將法律作為偽善的手段，濫用法律的公正。更早的莎士比亞《威尼斯商人》便刻畫出法理和人情的關係，人性和法理的衝突。

《被告：香豌豆》的最後幾章，主要都在描述香豌豆與律師單正人的「愛情」關係，較少描述內庭的聆訊、律師對法律的爭辯，或透過爭辯來表述作者的法律思維、法律價

值觀等。雖然有所不足，但筆者確實認同小說本身可閱讀性高，兩位作者的生花妙筆令讀者有耳目一新的感覺。小說中人物的描寫黑白分明，人性的背後是爾虞我詐，不擇手段的鬥爭，由李偉民律師寫來更顯得真實可信了。

查小欣、李偉民著《被告：香豌豆》，天地圖書，1995 年。

十一個字

帶着奸笑的眼神
他們得意地把我押到庭上
有人向坐在台上的人説我
「與未成年少女發生性行為」
阿玲和我差二個月便十六歲了
我們都一直喜愛對方
我們只是做着相同的一件事
爸媽説他們十五歲時已生了我

台上的人冷然地問我
可知道自己做錯了甚麼
是誰憑甚麼説我錯了
他們不都是在做着同一的事嗎
阿玲與我快樂的相處多年
是誰硬要拆散我們
硬要説我侵犯未成年少女呢

庭上的人說我做了不應太早做的事
我依然是滿腦子莫名其妙
十多歲女孩結婚生子多的是
難道性行為是法律的恩賜嗎
他們說我和阿玲可以繼續來往
卻不許我有身體的接觸
是人性害苦了我
還是我成了法律的祭品呢

從《24 個比利》看無罪判決的爭論

　　小說《24 個比利》發表於 1981 年，據真人真事寫成。主人公威廉‧史丹利‧密列根（暱稱比利）是美國第一個因精神錯亂而連犯重罪，卻獲判無罪的人。脫罪的原因是他有多重人格，犯罪時，罪犯並非真比利，而是伏在他身上的「別人」，真比利一無所知。

　　作者丹尼爾‧凱斯 1927 年生於紐約，大學主修心理學，曾擔任雜誌編輯、攝影等工作，也做過中學老師，並創作小說。1972 年起在俄亥俄大學教授小說創作課程，專長於多重人格的描寫。

　　因為這案件轟動整個俄亥俄州，比利成為政府、議員、市民、醫生的爭論焦點，兩派激烈爭辯：他到底是大騙子，還是多重人格的受害者？有些醫生支持治療比利，被心理健康局解約。作者開始寫這小說時也曾懷疑，覺得不可思議，便持平追查，認真探討事情真實性，態度十分嚴謹。期間，他亦受到相當程度的干擾。

比利是第一個住院接受徹底檢查的多重人格病患者，檢查結果由四位精神科醫生及一位心理學家共同宣誓證明，作假的可能性幾乎是零。不過仍然有其他醫生持不同意見，有些更認為比利智商高且善於扮演不同角色。書中對此都給予相同程度的分析，從多角度去看比利，讓讀者判斷比利多重人格的真偽；他們並不扮演法官的角色，而是扮演讀者，示範「閱讀」比利「這本深奧法律小說」後如何獨立思考。

　　多重人格症（Multiple-personality Disorders）是指一個人同時具有兩種或多種非常不同的人格。根據醫學分析，患者行為上的差異像是完全不同的人，各人有自身的姓名、記憶、特質及行為方式，而患者本人大多不知道「自己」擁有另一個人格。《24個比利》說的就是比利（包括他自己在內）有 24 種人格，其中 9 種分屬名叫亞瑟、雷根、亞倫、湯姆、丹尼、大衛、克麗絲汀、克里斯朵夫、阿達娜的人格。除外，還有 13 種「人格」，由於「惹人厭」，所以沒有名字。另外，23 個人格的融合體叫「老師」，對所有事有完整的記憶，被認為是「原本的比利」。這些人格的屬主有男有女，年齡、國籍、文化背景、教育程度、智商不同，各有現身的「時間」。若說比利真的分別扮演這些角色，瞞騙法律，那幾乎是不可能的事。例如在利馬羈留病房內，書中的「比利」就曾以不同角色、用不同語文（如塞爾維亞、克羅地亞語等）給作者寫信，更甚的是用極流利的阿拉伯文發信來。後來又以「凱文」的人格向作者致歉，說錯用了阿拉伯文，更說：

我們，我，是怪胎，是畸形，是生物學上的錯誤……
阻絕了真實世界，我們就可以在自己的世界裏過得祥和寧
靜，我們知道沒有痛苦的世界，就是沒有感覺的世界……
可是從沒有感覺的世界也是沒有痛苦的世界。

1982年3月，傑‧弗勞爾斯法官主持羈押庭的聆訊時，
就有精神科醫生與心理學家的證詞互相矛盾。中俄亥俄州精
神病院主任連同兩名精神科醫生檢查過比利大約兩小時，他
們沒有看到其他人格出現，說比利壓根兒沒有心理疾病，但
有反社會人格。要是法官相信比利沒有心理疾病，比利便得
馬上入獄服刑。但另一位曾診斷比利的戴維斯醫生作證說：
「他現在只是在基準線上……他是裂解狀態……現在坐在那
裏的絕不是比利。」由於專科醫生尚有不同的診斷，比利是
否真的患多重人格症，就得由法官來作最後判決了。

比利是在被捕後才發現患有多重人格疾患的，他的律師
便努力為他蒐證辯護，證明他在犯罪當時無法控制「自己」
的行為，甚至連「自己」做過甚麼也不知道。處於嚴重人格
分裂狀態下，真正的比利對其他人格所做的事無從得悉，要
他承擔「非我」的刑責，是不公平的。

當時，社會上亦有輿論提出給予比利法律上的支持，他
們認為那是比利起碼的權利，而法庭對於被告的權利是否受
到公平對待，也非常重視。例如在是否將比利轉送至利馬一
間重警備的醫院羈押聆訊中，控方未有依足法律程序，未通

知當事人或其家人，未允許當事人出席聆訊，未諮詢顧問，未傳喚證人，未告知被告有申請聽證之權利……都是剝奪及侵犯了被告的權利，所以控方的移送令被取消，被告必須回歸違法移送之前的處境。在美國，一般的聯邦法律，都會保護遭監禁者的民權。

　　一般來說，如果司法程序對被告不公，法庭有責任保障被告的權益。從這一點法思來看，被告的無罪判決雖使民眾不滿，但法律的公義卻在某種程度下得到彰顯。香港的法官亦深明此理，對一些無律師代表的被告在審訊中的權益，亦時予指出，以保障聆訊中對控辯雙方都公平。當法庭接受比利是人格分裂精神病患者的判斷時，那就意味着，他是在無法對自己行為負責的情況下犯罪的。定罪的基本因素、動機、知情等無法證實，若將被告定罪，是一項危險的決定。

　　臨床心理學家維里斯・德瑞斯柯對比利做了一連串測試，診斷比利是精神分裂症，他在呈送法官傑・弗勞爾斯的報告這樣形容比利：

　　　　他飽受喪失身份之苦，他的自我界限模糊不清，因精神分裂而喪失距離感，分辨自身與環境的能力極其有限……他會聽見有人叫他做甚麼事，如果他不服從，就對他又吼又叫，比利・密利根相信這些聲音發自於地獄來的人，是來折磨他的，他也提到有好人會定期侵入他的身體，與這些惡人抗鬥。以我之見，比利目前無法為自己發言，沒有能力與現實建立足夠的聯繫，因為他無法了解目

前發生的事，我強烈建議將此人送醫，進一步檢查，接受可能的治療。

控方極度依賴和尊敬的哈定醫生，在見過比利和其他「人格」交談過後，亦這樣寫報告給法官傑・弗勞爾斯：「依照會談的結果，我認為比利沒有能力接受審判，因為無法與律師合作為自己辯護，而且他缺少情感整合，無力為自己作證，或與證人對質，或在法庭中維持心理上的實在，只能有生理上的存在。」到了這個時候，法官要考慮的再不是證據是否充份，案情是否有疑點，而是被告是否適宜審訊程序的進行。控方在庭上亦這樣對法官陳詞：「檢方相信哈定醫生，透納醫生，凱若林醫生，魏伯醫生提出的證據可以證實被告犯罪當時的心理狀態。」對辯方以精神錯亂的理由抗辯無罪並無異議。法官接納了控辯雙方的陳詞，撤銷了第一項的強暴罪，指出缺乏確實的證據，證明被告有能力接受聆訊，也缺少類似手法。「至於精神錯亂的抗辯，」弗勞爾斯法官說：「所有證據都是有明文記載的醫學證據，而所有醫生也都指被告被控所犯的罪行當時，被告有心理疾病。由於被告的心理疾病，他無法分辨是非，也沒有能力抑制自己。……由於缺少相反的證據，本庭只能以現有的證據裁定，第二項到第十項的罪名，被告因精神錯亂而無罪。」

從法理上來說，這是一次公正而無可奈何的判決，法官的決定無可非議，對控辯雙方來說，所有程序均合乎法律的規定，但社會上仍有人不滿裁決，認為對市民不公。這也難

怪，畢竟搶劫與強暴嚴重影響市民的人身安全，是令人無法接受的犯罪行為。普通法的精神是寧縱無枉，控檢的責任在控方，在平衡二者的權益上來看是對等的，就算受害人家人亦不願意見到冤案製造了另一個受害人家庭。因此一個公平、公正、合理依法的裁決是無可爭議的。

現在因為法律存在技術性問題，被告雖獲判罪名不成立（並非無罪），卻並非證明比利沒有幹過那些罪行，被告很有可能會重犯那些暴行。對市民來說，比利依然是一個危險人物，況且有醫生認為比利或許還有未經揭露的其他人格——其中的一些或許犯過另外未被發現的罪行。也有人認為，比利是一個騙子，利用精神錯亂作為幌子以躲避牢獄之災。然而在法律上來說，只要被告行動上（actus rea）曾干犯罪行，雖然被判罪名不成立，法官依然可根據存在的證據，勒令被告接受入院醫療（Hospital order）。

作者丹尼爾寫比利各種不同人格的出場，節奏快，具流暢感，只是缺少對控辯雙方在法庭上爭論的描述。我們就只能從精神科醫生們治療診斷的報告中，看辯方如何引用這些診斷作為罪名不成立的辯解。而作為一個持平者來說，法官在技術上除了判罪名不成立外，他亦作出了相應的裁決，下令被告接受強制治療。弗勞爾斯法官把比利交由富蘭克林郡的假釋法庭管轄，麥特凱夫法官審查了精神病學家的建議，下令將比利送到艾森斯心理健康中心，由大衛‧考爾醫生監護。可是那些「內在人格」，包括唆使犯罪的或只有三歲的克麗斯汀都得一起接受監管治療，這樣又是否對「無辜」的

人格不公呢？而當政治、媒體、民眾、醫院和法律都混在一起的時候，公理的正義度便模糊不清了。筆者認為，以比利這單案件來說，法官強制比利接受精神科治療，可說是最佳的判決。在法理及程序上，這並不意味比利沒有幹過違法事情，法官有責任明察「公正」是否切實地執行了，而當控辯雙方的專家均認為比利不適宜審訊，法官是不能堅持進行聆訊的。小說亦未顯示，法庭曾有傳召受害人、其他人等到證人台上指證比利的聆訊。所以從技術程序層面上看，由於聆訊從未展開，法官就只能根據「不適宜審訊」來決定案件的結果。雖然法官的記錄上沒有證人等的指證證據，但卻有控辯雙方同意的醫生和專家的意見，這些就成了強烈而無懈可擊的證據。證明：一、比利因精神錯亂不適宜審訊；二、比利是人格分裂的精神病患者。法官所下的強制治療令，一來可迫使比利接受監管式的治療，二來也可消除市民的恐懼。這樣的判決是最理想不過的了。

作者在《24個比利》一書中花了三分二的篇幅來描述精神病醫生等對比利的治療，會見了比利身上潛伏的大部份「人格」的屬主，也安排了不同「人格」屬主走出場子，這些會見都是真實的，作者亦耐心如實的加以描述。也許讀者有興趣想知道，最後比利是否痊癒，那就應該看作者幾年後的另一本著作《比利戰爭》了。

《24個比利》在八十年代以紀實小說形式出版時，曾引起廣泛熱烈的討論，對犯案纍纍的比利，很多人不以為然，但法律學家和精神科醫生就只從法律及醫學上的認知來

判斷。筆者認為，此案的判決，除了（Hospital Order）醫療令（或入院令）外，其餘都是不適當的。所謂醫療令在普通法實施的地區，大致都一樣，犯人無需被定罪，法官仍可依專家醫生的報告作出入院治療的裁決。香港法例第一三六章《精神健康條例》有這樣的解釋：「本條例旨在修定和綜合與精神上無行為能力有關的法律以及與對精神上無行為能力的人的照顧及監管有關的法律；就以下事宜訂定條文：精神上無行為能力的人……屬患有精神紊亂的人或病人的精神上無行為能力的人的收容，羈留及治療……」入院令是指法官據有效條文發出某「病人」須接受治療（或因治療而受羈留）的命令。這裏的所謂「病人」，根據入院令的定義是指患有精神紊亂或看來患有精神紊亂的人。很明顯，根據四位專家和治療醫生的報告，比利的 24 重人格不時出現，而比利原本的人格，並無話事權。24 個人格的屬主，由三歲到廿多歲，不時不經意地出現，其紊亂程度，非一般雙重人格、三重人格可比；只要法官在聽取專家證據後，接受專家意見，就只能判罪名不成立（並非無罪判決），然後根據專家醫生的證據，作出最適當的入院令，一來讓犯人強制接受康復治療，二來在其未康復前，需得在羈留病房接受治療，亦間接讓市民的安全有保障。當時部份市民有激烈的反應，大部份原因是政治問題、議員及傳媒對案件質詢等問題引起。美國和香港一樣，羈留的病患者或其家人，都可以向法官申請覆核，看比利的入院令是否合理。他是在醫院中受到二十四小時謹慎檢驗的多重人格病人。

很多人關心，究竟比利是否高明的騙子，所有人格都是裝出來的？醫生和作者丹尼爾·凱斯都認為那不大可能。但無論是騙子或受害人，比利的案件都發人深省。

丹尼爾·凱斯著，趙丕慧譯《24個比利》，台北皇冠文化出版有限公司，2014年。

《比利戰爭》是《24個比利》問世十三年後，作者出版的另一名著，揭露精神病院罔顧人權的黑幕。

那些年那些在庭內的日子

多少的恩怨都被時光輾碎
多少的是與非都不再存在
彳亍進出的千色就在這裏旋轉
新蒲崗法庭內外是一樣的冷漠
那些年那些裝飾的淚眼
剎那間化成顆顆的閃爍
在今日的「譽」景灣內
成為你我喧鬧的兩道世界

第一庭的暴戾你可曾見過
逼迫怒摑你每一個細胞
眾目睽睽中你無地自容
你是庭內一隻可憐的
受盡折磨的過客
高台上斥責如雨點落下
你只是庭內的一道佈景
與被告人肩負相同的苦澀

第二庭的喧囂早將兩耳風乾

小販案子吞噬，咀嚼，然後反芻

編造的故事無法分辨

千篇一律的扮相蹂躪

高台上打着同一的嘆息

剎那間庭內變成市集

你額頭的皺紋在訕笑

莊嚴早已在市井中燃燒殆盡

誰說神明離地三尺

青天早已被深啡色高牆阻擋

有人說正義再也奈何不了你

因為正義已經壽終正寢

你只是在風雨中被挾持

卻依舊無奈獨守那份寂寞

第三庭那些招搖的日子

終於在高台倒下後回歸恬靜

早上與下午是兩道截然不同的世界

午後空洞中只能聽到打鼾的悶雷

三時後的庭內正是天外有天

都在杯酒談笑間灰飛煙滅

庭外的日子千色瀰漫

生活仍可在彈指間指指點點

盲目的女神孤獨地吶喊無聲

你只能在她懷中變臉

猶如噩夢

你已不再屬於自己

《六個嫌疑犯》的一些法律問題

　　作者維卡斯・史瓦盧普（Vika Swarup）是一位作家，同時也是印度政府的外交官。他通常利用清晨與週末的時間來寫作，《Q&A》（貧民百萬富翁）是他第一本著作，已為他贏得良好的聲譽。這本《六個嫌疑犯》作者花了差不多一年半的時間才完成。他以六種截然不同的角度窺看現代的印度，角色之間差距很大，本來已經複雜的印度種姓制度更加突出，特別是官員政客與印度少數民族島民之間的文化差距。書中每個角色都顯示出不同的社會階級在現實生活中的物質與文化的淺薄，不過本文只想集中討論小說中的一些法律問題。在一個充滿荒謬、淚水與真情的國度，就算是謀殺案，也會有等級之分。這小說所說的「等級」並非如美國的所謂一級二級謀殺，按案情嚴重性劃分，而是以受害人的社會階級作為等級的分別。這樣的劃分實在是荒謬，不但是階級的歧視，更是人性尊嚴的踐踏，生時如是，被殺害後也受等級的高低作為調查、聆訊及判刑的依據，連生命的終結也

絕不平等。這樣的法思，通過作者史瓦盧普的小說人物一一表達出來，能不讓讀者唏噓嗎？法律面前，生者死者都受不平等的待遇，是否一定要由執法者以外的人來糾正法律的不公呢？這小說的結局很像十多年前一部電影《地下裁判團》（The Star Chamber）（米高・德格拉斯主演），由於司法的不足，執法者與法官被迫釋放被告，然而被告於一夜間又被秘密逮捕，再被地下裁判團重審，予以定罪判刑。《六個嫌疑犯》亦是由一位報紙的專欄記者擅自執法，他是伸張正義，剷除公害，還是另一個殺人犯，也得留待讀者判決。

在未討論法律的觀點與法思前，我們先簡單了解一下小說的內容。

維奇・芮伊是含着金鎖匙出生的，印度北方邦內政部長的公子，平時無惡不作，被百姓認為是貪贓枉法的代名詞，絕對凌駕於法律之上，他藐視法律，玩弄法律，利用法律的漏洞詐騙、賄賂、謀殺，卻始終沒讓人抓到證據，他總是能找到法律的罅隙，成功地逃避法律的制裁。他十七歲時就已經在凌晨三點駕着寶馬五系輾過睡在行人道上的六個乞丐，案件審訊時，所有受害者及證人均被砸錢打點好了，沒有一個目擊證人記得當晚看見過一輛寶馬汽車，並做偽證說是一台卡車，維奇・芮伊自然無罪釋放。三年後，維奇・芮伊獵殺兩頭受保護的稀有印度羚羊被捕，開庭時唯一的證人護林官駕車時神秘死亡，維奇・芮伊隨即被釋放，明眼人都知道發生甚麼事。而維奇・芮伊不但沒收斂反而變本加厲，在慶祝廿五歲生日派對中，因酒吧打烊，維奇・芮伊買不到酒，

遷怒於女侍，當時維奇·芮伊對女侍說：「去他媽的法令，你不知道我是誰嗎？」女侍的回應令維奇·芮伊老羞成怒：「我不知道，也不在乎，法律之前人人平等……」維奇·芮伊即拔出手槍，當着五十多個賓客面前，朝她連開兩槍，女侍當場斃命。這樁案子上法庭後，彈道檢測結果表示，那兩發子彈來自兩把不同的槍，而作案槍枝卻無端地從警方保險庫失蹤，在現場的六個目擊證人也不約而同撤回口供，由於再沒有證據，維奇·芮伊獲判無罪。及後他卻在農莊開的慶祝派對中被槍殺了。警方根據印度刑法第三零二條「謀殺行為導致的殺人罪」而展開大規模調查，鎖定六個最具嫌疑的人，他們分別是：

一、退休貪官庫馬，自稱被聖雄甘地附身。

二、當紅女星莎柏南，維奇·芮伊曾對她糾纏不清。

三、離島原住民艾可提，為尋回部落聖物，非法潛入印度本土。

四、大學畢業生穆納，專偷手機維生。

五、美國公民佩吉，被筆友騙婚而來到印度的蠢蛋。

六、老芮伊，掌管北印度達四十年之久的大貪官，維奇·芮伊的父親。

他們被捕，除了都攜有手槍之外，據警方調查，都有不同的謀殺動機。作者通過報紙專欄記者身份闡述了六人的關係都有巧妙的連結，而最後故事的結局卻出人意料，意想不到兇手另有其人，作者對結局的安排實在令人震驚。

作者在整篇小說中以「我」作為第一身來闡述故事的發

展，這樣讓讀者更能投入。小說中的我就是記者本身，他在小說一開始的第一章「現實」中已清楚表明了自己對法律的看法和理解（第 11 頁）：

> 我批判的對象始終不是維奇·芮伊，而是容許權貴分子藐視法律的政府，我們的社會病了，而維奇·芮伊只是其中一個很明顯的症狀罷了。如果法律之前人人平等，那麼就該找出兇手加以審判……

這也就解釋為甚麼主角「我」用以暴易暴的手法，迫使法律找出真相，迫使政府執行法律之前人人平等的法思，哪怕是最後有可能他被揭發是真正的兇手。

卡夫卡在他的小說《審判》中曾經說過「被告總是最受矚目」，這六個嫌疑犯的舉動背景動機自然就令他們備受嫌疑，而真正的兇手，在小說裏卻是毫不引人注目。我們試看看其中幾個疑犯，他們都有明顯的殺人動機，根據印度的「謀殺行為導致的殺人罪」，就算真正的兇手被捕，這些嫌疑犯仍然有機會被起訴「意圖謀殺」，像維奇的父親老芮伊，他教唆莫塔殺死自己兒子的錄音，就有足夠的證據控告他們意圖謀殺。老芮伊為了保住首席部長的席位，決定幹掉自己不聽話、愛闖禍的兒子（多像數年前大埔的一單傷人案，父親買兇教訓兒子，刀手卻誤中副車）。離島原住民艾可提為取回聖物，甘心受阿克唆擺前往刺殺維奇·芮伊，卻不幸被警方拘捕。美國公民佩吉就曾多番在女星莎柏南面

前表明要為她幹掉維奇‧芮伊，這可是串謀意圖謀殺。這六個嫌疑犯警方並沒有錯誤扣押，只是忽略善於裝扮記者的兇手本人。沒有人真正注意到他的存在，他打扮成侍者，平凡得根本不會有人對他有興趣，當燈光熄滅的時候，他正站在維奇‧芮伊旁邊，近距離射殺了他。他與維奇並無私人恩怨或任何利益關連，殺他的原因只是為了要彰顯司法的正義，法律的尊嚴。謀殺是可怕的，是強迫終止一條生命，這舉動不論是良知，或是任何國家的刑法都不容許，十誡裏面就提到「毋殺人」。但是在某些場合，謀殺不但是合理的，也是必然的舉動，這並非指法律認許的謀殺，例如政府對死刑犯、恐怖分子執行死刑，或在戰場上殺敵等。但若果以謀殺作為伸張正義的一種方式又是否合乎法理呢？為了打擊社會中的邪惡，不依法而戰，殺死維奇‧芮伊又是否上天賦予的天職呢？小說主角跟維奇‧芮伊毫無私人恩怨，那六個不幸喪命維奇寶馬輪下的露宿者跟他毫不相識，也沒有見過被維奇殺人滅口的護林官，跟酒吧女侍應更素未謀面，這就刪除因任何私人理由而殺害維奇的原因了。主角相信他的行動是為了伸張正義的維安行為，換句話說，當公權力無法正常行使的時候，一個公民是否便有權利親自執法呢？市民是否有「捉」（就是令對方失去自由）（Civilian Power Of Arrest）犯法的人的權力呢？還是留待警察處理，袖手旁觀？如果法律無法伸張正義，是否就必須有人替天行道呢？又假若人人都替天行道，社會豈不大亂？法律無法伸張正義，只是人為的，並非法律

本身出了問題，人若用違法的手段去爭取合法的權利，這種近似以暴易暴的手法，只會帶來法制的名存實亡，不值得效法，我們只能說以暴易暴合乎道德上的某些想法，但法律制度是不應該從道德方面來評審的，合乎道德的不一定合法，法律本身就是一種獨立的判斷，而道德上的因素，只可作為判刑的參考。例如若干年前兒子因父母爭吵而誤殺父親，被判感化。婦人牽着二名分別三四歲子女，遞紙銀行打劫，被判由社署監管，她因受丈夫欺凌，生活無以為生，寧選擇坐牢。這兩個例子亦充份說明法律上他們的定罪無可非議，但量刑方面，法官就充份地權衡了人性的考慮了。

　　小說中，兇手記者的做法相當具爭議性。第一，他非執法者；第二，他的判斷具主觀性；第三，死者雖罪惡滿盈，但他的辯護權被剝奪；第四，記者殺惡人，惡人殺好人，本質上兩者並無分別，都是觸犯法例；第五，記者說因良心驅使，他除了警惡懲奸外別無他法；這種說法不能說他殺人就是合法，只能作量刑參考。

　　在小說的結尾時，兇手記者的內心意識形態已經變質，他自以為替天行道，自以為這是一次對社會的革命行動，可以改造社會，讓正義伸張，讓為富不仁的人不能安忱，讓貪污的官員惶恐終日。他甚至為他這一次的完美謀殺計劃感到自豪，對其他只懂議政的愚蠢辯論噁心，從而沾沾自喜，並且感到自己體內血液澎湃，促使自己作進一步動腦計劃，他覺得謀殺已令他上癮了。

就像著名小說《漢密爾頓案》作者克萊謝曾經這樣説過：
「謀殺就好比藝術品，引發詮釋而無從解釋。」

維卡斯‧史瓦盧普著，李儀芳譯《六個嫌疑犯》，皇冠文化，2008年。

夜之女

依然是燈紅酒綠的夜晚
忘掉傷痛
擁抱快樂
所有的恩恩怨怨早已升騰
都在鶯聲嚦嚦中反覆
凝固成一團無法稀釋的慾念
在你身上肆意地盤旋

酒精下的剪影東歪西倒
夢囈的語氣在炫耀
輕擁你時妖嬈的火焰毀掉
數十年的修行
一瞬間在妳裙裾下斷送
是你讓我身心不由自主
讓我在虛情中蒼涼老去

午夜的彌敦道依然憔悴光芒
空囊後再沒有鶯歌燕舞

妳的臉相千變萬化
緣份完了就得離開
路的盡頭還是寂寞連串
明天的日子叫我如何度過

《致命的審判》

——從手術室到謀殺案

謹以此文表達筆者對伊利沙伯醫院心胸科醫生們的感謝，他們在我撕裂的大動脈上成功安放了支架。

《致命的審判》是席尼·薛爾頓的作品中最為批評家讚賞的一部。通過三位年輕醫生的角度，席尼帶領讀者深入醫院內幕，由手術室的驚人抉擇，到懸疑迭起的謀殺案審判，交織着醫生、兇手、愛人與背叛者的野心與恐懼。三位對懸壺濟世滿懷憧憬的年輕女醫生，在一個龐大的醫療休養處，展開了她們期待的人生。然而人性的私慾在這座冰冷的白色高塔裏，不斷扭曲、翻騰，她們的命運更牽連在一起謀殺案裏。

席尼·薛爾頓（Sidney Sheldon）（1917-2007），著名美國作家，他一生寫了十八部小說，大都是暢銷小說，全世

界累計銷售已達三億本。他的小說曾拍成電影，並獲「東尼」獎、「艾美」獎及「奧斯卡」獎。《致命的審判》也有人譯作《世無定事》（Nothing Last Forever 1994）。日本曾將它拍成《女醫物語》，由中谷美紀主演。故事以倒敍手法，從法庭上審判的一宗醫療弊案，帶出一段關於醫院內勾心鬥角的故事。年輕女醫生佩琪·泰勒，被控私自為病人執行安樂死。由於病人的遺囑言明將一百萬美金饋贈佩琪，因而佩琪的動機備受懷疑：她是否覬覦鉅款而這樣做？小說中間部份是愛情的恩怨情節，跟法律關連不大；小說的始和末（法庭審判），涉及謀殺動機，將會重點帶出，集中討論。

小說開頭是楔子。描述舊金山大法院對被告佩琪·泰勒醫生的審訊。法院的擺設和香港一般法庭無太大差別，審訊是公開的，聽眾席上坐滿來聽審的好奇市民。控辯雙方都由老練的律師代表，看來表面上尊重彼此，暗地裏卻完全不相信對方，這一點是可以理解的。律師的守則中是無須為被告（當事人）隱瞞罪行，但當中存在着很多灰色地帶，反之控方若擁有對被告有利的證據，不應隱瞞，並需向辯方提供。

辯方律師潘亞倫曾在案件開審前到辦公室找過主控官葛斯，他告訴葛斯他沒有和當事人談過（相當聰明的做法，並不代表被告承認控罪），但假設他能說服被告承認有罪，以減輕刑責，控方是否接受？這並不算是妨礙司法公正，控辯雙方是有權在法官的缺席下「討價還價」（Plea Bargain）的，一來減輕訴訟成本，節省法庭時間，二來辯方可為被告爭取較輕的罪名及刑罰。但這次控方拒絕接受辯方建議，認為案

情嚴重，被告徹徹底底是一名冷血殺手。

　　一般在高等法院審的嚴重案件，都有開庭陳述（Open speech），法官及陪審團有一個簡單但概括的了解，隨即由控方傳召第一名證人。筆者認為，作者在描述第一名證人時，控方向證人提問「泰勒醫生和克羅尼先生（死者）的相處情形如何？」辯方律師立即站起來抗議控方問題有引導證人作供之嫌。筆者認為，這問題不應列作引導（Leading question），但法官卻批准抗議成立，反而隨即而來的一條問題倒有引導之嫌：「你可曾聽過泰勒醫生與克羅尼先生之間的對話？」法官卻批准了。證人於是將聽到克羅尼罵泰勒的髒話都告訴庭上了。跟着，有多句控方的引導提問，例如：「他們的對話融洽嗎？」辯方律師都沒反對，法庭也沒意見。當然證人的回答是「不融洽」。控方就是試圖要讓法官與陪審團知道醫生與死者的相處不融洽，死者是沒可能將一百萬美金留給她的。直到控方再問證人：「就你的感覺，克羅尼（死者）像是會給泰勒醫生一百萬的人嗎？」到這時，辯方律師才彈起抗議（Opinion Evidence）意見證供，但卻被法官否決了。當然證人就回答了：「絕對不可能，他那麼討厭她。」這樣的證供當然對泰勒醫生非常不利。

　　第二位證人肯恩醫生指死者「因點滴中加入過量胰島素致死」。但泰勒醫生簽發的死亡證書，卻說病人死於「心肌梗塞導致心肺衰竭」。這醫生證人同時認為泰勒醫生需負全責，是泰勒醫生為死者注射過胰島素。接着的幾位證人口供

都對泰勒醫生不利，甚至有旅行社職員指稱泰勒醫生曾到旅行社要求到歐洲旅行，並且一切待遇都要頂級的，雖然最後沒有成行。

控方進一步傳召醫院院長，院長舉證泰勒之前曾違規並擅自更改病人同意書日期等。最後控方打算傳召另一重要證人巴克醫生，但因他中風而未能出庭，法庭卻批准控方傳召另一醫生來證明巴克醫生可能的供詞。這點筆者認為非常不合理，是傳聞證供（Hearsay upon hearsay），剝奪了辯方的盤問權利，證供難證真偽。這名醫生證人作供時指聽到巴克醫生在手術室對泰勒說「妳殺了他」。另一證人這樣重要的證供對泰勒非常致命，但程序上是有商榷餘地的。

一般動手術，都需要至少兩名外科醫生，一名助手，一名麻醉師，一名副手（清潔消毒）及流動護士等。辯方也曾質疑，這名證人聽到的巴克醫生的話或許有誤差，而另一名控方傳召的護士，法庭亦允許她作傳聞證供。這護士告訴庭上她聽過巴克醫生多次批評泰勒醫生醫術不佳。依筆者多年檢控經驗，香港法庭的法官絕少有這樣錯誤的決定，讓傳聞證供不斷出現，對被指控的被告來說絕不公平。因為被告無法向巴克先生求證該證人所說的真假，亦難作出盤問。

跟着輪到被告泰勒醫生作證，她承認在死者克羅尼的點滴裏注射了胰島素，但說明只會慢慢讓病人睡着，而且她事前不知道病人留有遺產給她。到檢控官盤問時，問了一些非常不專業的問題，例如：「泰勒醫生，克羅尼是妳在該醫院

第一個謀殺的病人嗎？」這不但不專業，也帶有偏見，根本不應該這樣提問。法官亦因此而休庭並警告了主控。其實在審訊進行時，控辯雙方並非不知道應問與不應問的底線，只是都喜歡閃問，希望從中能得到證人疏忽的答案。即使如此，但有時為時已晚，傷害已經造成。小說到此，審訊幾乎可以肯定表面證據成立。作者於是倒敘一些泰勒醫生由初出道到後來發生一連串愛恨恩怨的背景，來說明為甚麼證人醫生群對她作出一連串不利的證供及她如何被控一級謀殺。

小說第三十七章，即末章，是辯護律師的結案陳詞。潘亞倫律師指被告只承認協助克羅尼安樂死，動機是不忍看到他那麼痛苦，他繼續説：

> 沒有人會因為安樂死而被判死刑……面對痛苦絕望的病人，我們卻強迫他活在人間煉獄，泰勒醫生並未決定克羅尼的生死，那是克羅尼本人的決定，泰勒醫生也並不知道克羅尼留給她任何財產，對一個垂死的癌症病人，癌細胞侵蝕了他的身體，使他飽受折磨……泰勒醫生只是做了一件慈悲的事。

然而控方卻是另一番説法。各證人的證供都對被告不利，被告曾有違規及更改病歷日期記錄，中風的巴克醫生曾指證被告殺死病人，又說泰勒醫生醫術不佳，甚至不會讓她為他的狗開刀。

小說到了這時，有了戲劇性轉變，巴克醫生坐着輪椅在

庭外，打算出庭作證，在這案子中，巴克醫生是主要證人（Key witness），所以他的出現掀起故事高潮。

事實上，審訊已經接近完結，再傳召證人並不常見，但並非不可能。雙方都可以向法官申請在特殊情況下允許任何一方重新開庭（Re open）傳召證人作證。由於有證人指巴克醫生的談話說明泰勒醫生曾殺死病人，辯方強力反對，但改變不了法官的決定，最後允許巴克醫生出庭作證。

正當控方喜不自勝時，證人台上的巴克醫生卻說：「你們為何要指控泰勒醫生謀殺病人？這場審判根本就是胡鬧！」「那些都是心胸狹窄又偏執的小人，一心要打擊一位醫術高明的醫生……」主控官馬上問道：「……你曾嚴厲批評泰勒醫生的能力……」巴克醫生接着說，他一開始就認知泰勒醫生資質過人，故對她特別嚴厲，是希望她能成為一位十全十美的醫生，不能有差錯。主控官立即反問道，為甚麼巴克醫生又曾責難泰勒醫死過病人。巴克醫生的回答令人驚訝：「我當時那麼說她，是因為她是手術的主刀人，事實上，害死病人的是麻醉醫生。」法庭內一陣譁然，接着巴克醫生吃力地繼續說：「至於克羅尼留給她的那筆錢，泰勒醫生事前一無所知，克羅尼在與我聊天時，曾提及要把那些錢留給她，因為他痛恨他的家人。他也提到會要求泰勒醫生解除他的痛苦，我同意他的決定。」法官隨即休庭，召見控辯雙方，雖然控方仍想傳召精神科醫生為巴克醫生檢查，但遭法官反對，並且忠告控方，不要再隨便傳召證人出庭，除非你很清楚他要說些甚麼。

筆者想起一單刑事恐嚇案，當年甚為轟動，被告將女友的裸照寄往《清新週刊》刊登，並張貼街頭海報，報復女友和他斷絕關係，其辯護理由是裸照由女友的另一男友發來，但不能供出該人出庭。筆者隨即要求警方立即前往傳召該人下午到庭，並告知法官和辯方他已在庭外等候。辯方大律師立即向法庭宣稱無意傳召該人出庭。筆者請法庭記錄在案後，亦無傳召該人上證人台，相信控辯雙方的決定都是聰明的，最後被告罪名成立，上訴亦失敗。假若當年他無論作為哪一方的證人，他的證供雙方都無法肯定，對哪一方有利，都還是未知之數。

最後，法官決定撤銷對被告泰勒醫生所有控罪，當庭釋放。

小說寫到這裏就結局的話，倒是好事，但作者薛爾頓是故意還是煽情就不得而知。依筆者看來，最少從法律的角度看來，故事最後的這幾百字是不必要的，可說是一個敗筆。他這樣寫道：

　　泰勒醫生含着淚水感謝巴克醫生，問道：「你甚麼時候和克羅尼聊過天？」「甚麼？」「別裝了，你幾時見過克羅尼呢？」「幾時？」泰勒緩緩地說：「你根本沒有見過克羅尼，你其實並不認識他。」巴克醫生的嘴角露出笑意，「我是不認識他，可是我認識妳啊！」泰勒感動地傾身抱住他。泰勒結婚時，巴克醫生正是男儐相。

正是小說結尾的這幾百字，讓讀者、法律工作者和評論家都有無限的懸疑，變化莫測的人生爭鬥裏，法律是否唯一的公正呢？

席尼・薛爾頓著，陳淑惠譯《致命的審判》，台北小知堂文化事業有限公司，2007年。

釋囚

就讓記憶回到那天
鴻濛未啟時的清新
原來一切值得期待的
都不曾存在過

我告訴你我已懂得悔改
那一次的失足傷得很痛
誰再在乎剎那的燦爛
最痛的不是囚禁的歲月
不是日子有多難熬
錯與對早已被時光輾碎

目睹你離去時心中濺着淚
過失已無法還原
再多的懊悔也是徒然
孤獨的一生用痛苦去扛
感情沒有背叛
更沒有埋怨

只是我再不配挽留
誰叫我親手埋葬了自己
我只能把你的眼睛畫在天上
看一個簇新的我
走漫漫長路

也談台北律師公會法律文學獎
——漫談評審獎得獎作品之一《色計》

　　台北律師公會是兩岸四地中唯一舉辦「法律文學獎」的專業法律團體。從 2003 年開始，他們每年都舉辦相關的創作獎。雖然那時他們對「法律文學」仍然持不完全肯定的態度，卻沒有放棄在社會上推介法律與文學這一概念的努力。《色計》就是 2006 年「法律文學獎」評審獎的得獎作品之一。這些得獎作品反映了一般市民對司法的無知和無奈，雖然台灣和大陸、港澳一樣，也有提供免費律師服務，但基於種種原因，有經濟能力的老百姓都寧願自費，而有些無法支付龐大律師費的人也選擇草草自辯。這個問題是值得各方面思考的。作品中有兩位得獎者是正在獄中服刑的囚犯，其中一人創作的《傾聽顏色的聲音》得了首獎，另一人得獎的作品是《傾斜的天秤》。這令法律文學的小說類內涵更為豐富。無論你是法律人，還是讀者、作家，都可以通過這些作

品看到社會各階層、一般老百姓如何看待法律，對法律有些甚麼期望，而在現實的生活中，種種矛盾是否真的可以通過法律得到公平的解決呢？

《色計》作者劉峻谷是台灣《聯合報》資深記者，專跑法庭新聞，所以對形形色色的詐騙手法、財務公司的欺詐行為及其受害人的痛苦都有深入了解，令《色計》讀起來更加真實。

作者筆下的周長榮壓根兒是個騙子，他自稱是大公司總裁的兒子，公司總經理特別助理，駕駛豪華雙門轎跑車，一身名牌，長得一表人才，對女孩子極為細心，只要他有意，很少女孩子會不上當的。小說開始的一至六節就描述了他怎樣令女孩子受騙，包括辦公室的會計、保險公司的襄理、醫院的總護士長等等。他周旋於這些女生中，應付自如。不過，作者描述周長榮最初行騙會計女孩林雨薇的安排就牽強和欠說服力。周帶林到大公司買了一款名牌手袋，作者這樣寫：

> 周長榮從鑲着一隻金鱷魚的皮夾抽出一張白金卡結賬，在賬單上簽「林雨薇」，女店員比對卡背簽名，詫異地抬頭，揚了揚簽賬單和白金卡。
>
> 「喔！那是我的卡。」林雨薇說。店員請林出示身份證核對後將卡還給林。「我消費，他付賬。」林說。

這一段描述，總讓人覺得荒謬，不能接受。信用卡持有

人法律上是林雨薇，店員亦是向林要求核對她的身份證，但信用卡竟是從周身上的銀包取出，並由周簽上林的名字，這樣的怪事根本不合行使信用卡的程序條款，店員是沒有理由不知道的，但竟然愚蠢到漠然不採取任何行動。翌日，周長榮再回到該店，又迅速拿了六個手袋到櫃台同一店員面前結賬。這次用「林雨薇」的另一張金卡刷卡，女店員也一言不問，結賬二十七萬多元台幣，貨品獨立包裝後讓周長榮帶走。這樣的描述，不合情理，簡直是把讀者當成對使用信用卡一無所知的愚民白癡。若從法律觀點來看，周已犯上行使偽造或不誠實獲取信用卡，欺騙發卡銀行的罪行了。

　　周利用林雨薇的多張信用卡，總共欠下七百五十多萬，自然無法償還，被收數公司用各種不法手段追逼，包括脅持強姦林雨薇。小說中似乎誇大了收數公司勢力的猖狂和無法無天，而警察對此也毫無對付能力。其實，到此地步，林雨薇只要報警，就算收數公司再惡，也不敢怎樣。作者是故意安排周長榮向林提出「色計」，要林誣告其富有老師方經誠性侵（台灣刑法二百二十四條），從而向其敲詐勒索千多萬以還卡數。而方任教的學校因怕影響校譽，不管方有沒有性侵，都想方低調處理，這也是當今社會的取態，間接助長了這種誣告犯法行為。校方為自保表明不偏袒任何一方，讓法院來判斷是非。可是受害人一報案，台北警方會將受害人一切資料保密，公眾雖好奇但無法得悉。而被告人卻立即曝光，可能未審就已經被輿論定罪了。台北也像香港一樣，疑犯需於二十四小時內移送法院，再由法院決定是否准予擔

保外出。這種制度的好處就是保障了疑犯的人權。

　　小說跟着寫周長榮找方經誠，要脅他付一千五百萬才不控告他，並找了傳媒來聽證。方沒有退縮，認為既已立案，就應讓法院審訊結果。作者筆下的方經誠教授義正詞嚴，不畏懼，不退縮，但為甚麼沒有報警處理呢？周長榮公開行使別人信用卡，店員沒有報警，方在被周勒索下也沒報警，作者如果只為了小說的戲劇張力而忽略了常理的判斷，難免令讀者啼笑皆非了。性侵不比非禮，一般來說，警方會採集受害人身上的毛髮、剪指甲、陰道棉棒……等。但在林雨薇案中，作者對這些資料一概欠奉，不如乾脆告非禮還較為合理。雖然如此，作者跑法庭的經驗還是令人起敬的。作者在書中這樣說：「人是主觀的動物，檢察官、法官是人，也有主觀看法，先入為主的印象多少影響檢察官、法官的心證……」所謂「心證（心態）」（state of mind）外人是難以明瞭的，也不容易了解。

　　由於傳媒廣泛報道，周長榮也見報了，他那些女友馬上發覺自己的信用卡被周刷了二百多萬，紛紛報警。只要警方深入調查，再加上方經誠也報了案，這單案的發展就不一樣了。

　　案件終於開審了。周長榮與林雨薇仍然故意不停地向傳媒透露案件進展，而方經誠這段期間所承受的壓力非常巨大，連家人都受嘲笑和被侮辱。台灣和香港一樣，對疑犯都是採取「無罪推定原則」（即香港的假設無罪論）；但傳媒的報道，早就像將方經誠定罪了似的，一切的發展，似乎都

對方經誠不利。到此，方也不得不請個律師代辯。朋友給他介紹了一位女律師程千里，看來是挺能幹的。

法庭內的設置，基本上和香港差不多，法官在上座，法官席下是書記和傳譯，再前就是一張長台（Bar table），左方是律師，右方是檢察官座位。因控罪嚴重，地方法院由三位法官組成合議庭審理，控方證供大致跟交予檢察官的一樣。由於這類案件大多沒有目擊證人，所以受害人的即時投訴（Recent Complain）相當重要，是附和證供的一種。

林雨薇在坐教授的順風車時，要求中途下車看夜色，並打了幾通電話，向同學誣告教授性侵。她的同學在庭上亦證明曾收到林雨薇投訴被性侵，這些即時投訴不屬於傳聞證供（Hearsay Evidence），是可以作為證據的，對方經誠非常不利。方的律師程千里卻在盤問控方證人中，質詢聽到林雨薇在電話中傳來的附近環境聲音，與林雨薇的供詞明顯不同，卻與方經誠教授所說的符合。電訊台的專家亦證實：林雨薇的另一通電話，是從她家中發出的，證實方教授所指林曾回家弄了杯橙汁給他喝，因而杯上留有他的唾液。本來，林雨薇堅決否認她曾回家，至此，也不得不承認是誣告教授，並當庭指出受周長榮指使勒索方教授以還卡數、還說出曾受多人脅持性侵。案件終於水落石出，周長榮等人也被一網打盡。

故事富戲劇性，但對於故事結構證據方面，安排則有點兒戲，可能是作者並非執法人員，不了解案件證據的搜集，不太明了案件本身需要哪些證據，才足以將被告人定罪。不

過，值得肯定的是，作者劉峻谷先生對法庭的運作、檢察官的偵訊、公文的處理、審訊程序的進行、法官的衣着、法庭裏各個角色，都有非常詳盡的描述，讓讀者對台灣法庭、司法人員都有一個清晰的認識，這也許是《色計》獲獎的原因之一吧！

劉峻谷《色計》，獲台北律師公會 2006 年法律文學獎評審獎。台北紅螞蟻圖書有限公司經銷。

《異鄉人》的啟示錄

四十年前我在道南河畔認識你
響亮的名聲飛越指南山下
衡陽路上遂有彳亍的尋找
一個時代的光輝不減當年
你在我連串的莫明中
執着地解說
「我」的存在

離開木柵的歲月早就風乾了
禿頂上滿是你留下的思考
《異鄉人》也好，《局外人》也好
是誰把心靈與肉體的存在分割
是誰在判斷塵世的對與錯
誰又可以將「毫無疑點」解說請楚
兩道不一樣的世界

今日庭內依舊寂寞灰暗

庭外的世界有天藍

我的心有太多的紛擾

早已冷漠

回不到過去

分不出你我

存在是一閃而過的空白

也談《幫兇律師》

——任你是誰，都應看一本葛里遜的小說

　　小説《幫兇律師》的作者約翰·葛里遜，美國密西西比大學法學院畢業，曾任職業律師，後來興趣轉向文學，出版過二十多本小説，其中《禿鷹律師》、《無辜之人》、《死亡傳喚》均甚暢銷，並屢被拍成電影。由他來描寫法律界的黑暗、司法的腐敗，無不扣人心弦。

　　這本小説的主角凱爾是耶魯法學院高材生，行將畢業。大二那一年，他就像一般大學生一樣，生活狂放，嗑藥開派對，與異性交往不羈。有一次，放縱過程被人偷拍下來，其中有同學與女生濫交，他也在場，但沒參與。事後，少女報案，稱被強姦（當時沒人知道有一卷偷拍的影帶），由於少女口供不清，前後矛盾，警方調查了在場的四位男同學，包括凱爾在內，最後因證據不足，結案完事，但風波未了。

　　小説敍事節奏明快利落，一開始便令人備感刺激：凱爾

莫名其妙被幾個疑似聯邦調查局的人員帶走，向他追查大學二年級那宗強姦案。凱爾本擬緘默，因為事情已過去，警方無實質證供，早就免予起訴；況且如果回答有不實之處，恐會構成公訴重罪。那些看來像調查員的人提出，該案有最新證據，有人交出錄影帶，影帶中可見幾位男生，包括凱爾在內，與那女生同在房內。經過一番內心掙扎後，凱爾答應合作，這時才知道，那些人並非聯邦調查局或警方人員，而是來自「獵頭公司」，欲以錄影帶要脅凱爾加入某律師行，否則就把錄影帶交給警方。影帶雖不能證明有強暴發生，但絕對影響凱爾的前途、事業和家聲。

凱爾是《耶魯法學期刊》主編，能擔此任的法學院學生，是美國全國精英律師事務所爭先招攬的人才。原來，「獵頭公司」早已盯上他，並掌握了當年所偷拍的那卷錄影帶，要挾他就範。類似的故事筆者也聽說過。記得當年在台灣唸醫科的某學生，早已有富豪家族看上，資助其學費，條件是畢業後必須上門做女婿。但此刻，凱爾的處境可沒那麼「幸運」，招攬他的律師樓講明，要利用他去打擊對手。如果凱爾任其擺佈，除了違反律師守則、倫理外，更可能觸犯刑法。凱爾面對這個敵我不明、是非難分的複雜環境，要全身而退絕非易事。

小說並沒有落墨於法庭內的唇槍舌劍，而主要描寫凱爾如何面對、應付律師事務所之間的糾纏、律師之間的猜疑。作者非常精彩地揭露了充滿名利富貴的法律世界的幕後秘辛。律師行業是「冷酷的行業、爛透的世界」！結果，凱

爾被迫投身那間他從未想進的律師事務所，成為助理律師
（The Associate）。過了一段試用期（實則是被監視期），
他終於被安排接觸到核心層。要挾凱爾的人，陰謀利用他去
處理一宗軍購案圖利，這是一宗非常龐大的買賣，涉及國家
機密。凱爾心中有疑，臨崖勒馬，將事情原原本本告訴也是
做律師的父親。他父親跟律師事務所交涉的同時，凱爾也向
真正的聯邦調查局備了案。有關方面本欲捉拿幕後黑手，但
那人神通廣大，在被抓之前逃遁。凱爾脫離了魔爪，跟隨父
親回去，一起經營小鎮的律師事務所。

　　律師事務大致上分為二種：刑事和民事。兩者之間區別
頗大，很多人不喜歡做刑事案件，但刑事案的律師回報較
快，也更有充份時間嶄露頭角；民事律師在出道的最初幾
年，不大可能接到案件，除非幾年後自己開律師事務所，否
則收入有限。因此，在法學院畢業前必須認清方向，畢業後
在必須實習（拜師父）的二年期間，宜根據本身的長處和興
趣選定奮鬥目標。

　　根據律師公會的規範，助理律師是傳統法律事務所中較
低層僱員，並不具備合夥人的權益。法學院學生畢業後找工
作，有時要穿插在大企業訴訟中，被迫成為密探、臥底律
師等等。凱爾父親是小鎮律師的溫暖典型，凱爾受其熏陶，
一心想處理真正維護民眾權益的案件，對名利的期望並不
強烈。小說中，招攬凱爾的史考利潘興事務所是跨國企業，
他們把商業上不擇手段的經營方式置於法律公正之上。作者
非常專業地剖析了大事務所的人事、作息、管理、收費等事

項，認為他們就像一間富麗堂皇、收費驚人的法律血汗工廠，合夥人享有高薪、分紅、人事大權，助理律師則唯有搏命上游，直到氣力用盡或自動離開為止。主角凱爾就曾被其服務的律師事務所控告侵犯事務所權益，幸得一位具有正義感的刑事辯護律師為其解困。故事結局尚算圓滿：凱爾並沒有同流合污，而是抽身引退，但玩弄法律的幕後黑手，依然逍遙法外，未受任何制裁。筆者曾多番說過，法律是有錢人的公正遊戲，富者有足夠的財力、物力、人際關係逃避制裁。

　　《幫兇律師》是非常成功的小說，作者葛里遜將法律的矛盾訴諸讀者、將法律背後的黑暗加以揭露。作者顯然認為，法律是用來保護觸犯了法律的人多於保護守法者。越懂法律的人越懂得走法律的罅隙，所以很多智者都認為，只有上帝的審判才是最公正的，可是這也實在太遙遠了。曾與筆者庭上干戈的資深律師中，部份人士並不諱言，律師行業聲望持續下降，受到業內外的批評也越來越多。人們開始感覺到，律師不再有昔日的「尊貴與榮耀」，而是「渾身沾滿銅臭」。有人甚至認為，律師行業已經「迷失方向」，「誤入歧途」，而且危機重重。試看香港最近十多年來，有關律師負面新聞不絕，律師被當事人斬傷報復的，貪污入獄的，串謀行騙的，妨礙司法公正的，挾帶客戶金錢外逃的，都屢見不鮮。兩千多年前，塞卡爾就指出，辯護律師是社會不正義的幫兇，「他們猖狂扼殺社會正義」；柏拉圖則譴責他們是「卑微惡毒的小人」。當然，這些批評不一定都正確，但

也顯示了對律師的批評並非始於今天。

人們對法律的運作產生怨恨，除了因這行業的結構性問題外，有些來自法律服務市場本身。最近幾年律師增多了，競爭加劇，而服務水準下降，社會不斷強化商業的優先地位，侵蝕原有社會的責任感，使新執業的律師在職業理想與職業現實差距與日俱增中倍感沮喪。很少有律師願意接辦只收取基本費用的案件，收費多與少也加劇了法庭辯護中的不平等。詩人奧登形容得相當貼切，律師們「正奔向滾滾的財富」。從另一角度看來，用收費高低來調整服務的水準，不正好成了不正義的幫兇嗎？作者葛里遜在《幫兇律師》中就用了不少篇幅來說明，就算在同一律師行工作的律師，也果然「貧富懸殊」呢！

除了收入不同外，律師群中亦不乏邪惡之輩。美國就曾有倫茲顧問公司向政府提交報告，「提及律師妖魔化問題，我們幾乎無話可說」。公眾對律師的不滿，罄竹難書。香港的律師公會組織，也經常收到市民投訴，而上訴庭的判決中也經常指出原審代表律師的錯誤與疏忽。像葛里遜筆下的凱爾律師，身處一個敵我不明、是非難分的複雜環境，只能憑藉自身的機警與聰明、精細的法律知識，設法繼續與控制他的人周旋，同時還要不觸法網，要全身而退幾無可能。

但話雖如此，筆者也曾見過本地不少正直的律師，義務為有需要人士辯護上訴。其中較為人知的一宗，案情如下：父親買兇意圖斬傷自己兒子，卻誤中姪兒。兩個刀手都是由內地僱用到香港犯案。警察根據線索很快破案，從兩個刀手

口中得悉，父親因新界房地產生意糾葛，蓄意教訓兒子。於是傳召父親到警署落口供。這位身為區議員的父親竟暗中攜帶錄音機，偷錄警察對話，到廉署報案。其後，兩位警務人員被控妨礙司法公正，各被判監十八個月。而該案主管警司因對傳媒表達不滿上級的處理而受警告。一位事務律師和一位大律師，得悉事件後願意不收分文，為當事人申請司法覆核，結果成功推翻原判。警務人員得以復職，法庭並頒令給予堂費賠償。這說明律師圈子裏，仍有不少像凱爾一般的律師，秉持專業守則外，更能釋放社會正能量，在魚龍混雜的法律世界中，依然對社會事務散發愛心。

葛里遜在書中雖然揭露了不少律師事務所和律師作業的黑材料，但凱爾律師的行徑依然像一顆北斗星，照亮這「冷酷的行業、爛透的世界」。筆者非常同意一些書評家的意見，無論是法律界的還是非法律界的讀者，這輩子一定要看一本葛里遜的小說。他在法律與文學的範疇中，走出了新的一頁。

約翰・葛里遜《幫兇律師》，宋偉航譯，台北遠流出版事業股份有限公司，2010 年。

江城子

4月14日原訟庭大法官阮雲道邀余午膳於逸東軒，座中有上訴庭梁紹中大法官，李宗鍔及容耀榮法官、招大狀與余等共六人，暢談甚歡也，

阮氏執業大律師時與余數度干戈，亦曾多番帶同弟子相敍，後任律政司署刑事檢控專員，為免詬病，相處遂止於從屬。

一戰南九十四年
春已老
人不見
當年干戈
瀟灑樓頭見
功名富貴生涯老

添憔悴
夜難眠
今朝酒醒見藍天
風雲變

更超然

訟庭人悄

對君苦無言

群芳偷盼阮郎歸

常相見

話從前

從《死亡傳喚》中看法律人

《死亡傳喚》（The Summons）是美國著名作家約翰·葛理遜直探人性底蘊，着力描寫法官和律師心態的驚悚小說，曾榮獲《出版人週刊》2002年度暢銷小說冠軍。

小說主角雷·艾特里和佛瑞斯特兩兄弟是衡平法院法官魯本·艾特里之子。雷在大學教授法律，生活無憂。有一天，信紙印上鑲金的法官名字、頭銜並署有父名的一封家書（葛理遜在書中戲稱為傳喚便條，即「傳票」），召他回鄉。甫抵家門，卻驚悉父已過世，且遺有三百萬美元現金。面對巨款，兄弟倆各懷鬼胎，人性陰暗面漸次暴露，骨肉上演大鬥法。由於主角具法律人身份，本書實際上也對所謂「法律的公平」作出了諷刺和投訴。

作者約翰·葛理遜1955年生於美國阿肯色州，密西西比州立大學法學院畢業。曾執業律師，1983年成為州議員，他在法律界的成功指日可待。1984年某天，他在法院偶然聽到一單十二歲女孩受強暴的案件，突然想到假若那位傷痛

欲絕的父親殺了嫌疑犯，會是怎樣的結局呢？遂動念創作小說。每天早起，利用開庭前的時間寫作（順筆一提，筆者 1987 年左右，應約為本港《第一線》週報及《青年週報》寫《庭裏庭外》專欄時，也有相似經驗：晨早一到辦公室，在未開庭前，即以舊案子內容，撰寫現代詩，以詩的形式表述了嚴肅的法律案件和法思；後來出了詩集）。葛理遜的處女作賣了五千本，不算理想（筆者詩集的銷路遠差過他），但依然運筆不輟。1991 年出版另一本小說《律師事務所》時，他已然走紅，作品高踞《紐約時報》暢銷書榜首達四十七週之久。稍後他辭去律師工作，成為專業作家，並且認為從事法律文學工作要比當律師好得多。如此成就，非一般人可及。

近十幾二十年來，「法律重商主義」（Legal commercialism）在很多法律人心中早已植根，本來為公眾服務的職業漸漸注重投資回報率並一意向錢看了。香港一些大的律師事務所，客戶幾乎無一不是財團、大公司。由於社會的價值觀改變，有些律師成了富人的打手，窮人根本無力通過訴訟來保障自己的權益。在律師之前，只怕貧富懸殊，無錢難得會被平等看待。葛理遜之所以「棄法從文」，將庭裏庭外那些事情寫出來，我想，大概有二個原因：一來向良心交代；二來以他身為律師的背景，有寫不盡的題材！事實上，作者對美國律師文化罔顧群眾而墮落不堪的情況，早有不滿。他在《街頭律師》（The street lawyers）裏曾經說過：「我先是個人，然後才是個律師。」這本《死亡傳喚》

在刻畫法律人物性格的形成，尤其在描述主角雷·艾特里面對巨額意外之財的心理變化方面，筆觸深透。對表面看來公正無私、不畏權勢，而實際上偽善和貪腐的法官，他更極盡嘲諷之能事。

主角雷·艾特里教授生活優遊體面，但一旦發現老父留下的三百萬現金遺產，不在正式登記的遺產項目裏，心裏頓起波瀾：這筆錢哪裏來，是正經得來的嗎？他可以安全擁有、肆意花費嗎？根據美國法律，富人有責任證明金錢來源合法，並非「黑錢」（香港亦然）。法律系出身的雷·艾特里教授，自然深懂這一大筆錢跟不法勾當脫離不了關係。當時法官的年薪平均九萬五千美元，這三百萬美元對他來說，誘惑無疑極大。身為法律教授，他一味想着：如何可以擁有它而不抵觸法律。他的生活及思考模式開始起變化，想的都是怎樣可以把錢拿出來「清洗」一下。其實，他的弟弟一早發現了錢，還偽造父親「傳喚」信，好讓雷看住那筆錢，而他就在背後匿名管着雷（中譯本第 447 頁），並讓雷知道另有第三者知道那筆錢而不敢動用。最後，雷在一豪華戒毒所找到乃弟時，知道他拿走了錢，決意設法討回。筆者固然欣賞葛理遜懸疑的佈局，緊湊的敍事，但更感興趣的是故事本身揭發了法律界最重要的角色法官和律師，如何在金錢誘惑下喪失了自己。

雷的父親艾特里法官為衡平法院法官，三十二年勤懇獻身公職，司法的記錄清白無瑕，判決極少遭上訴法院駁回，轄區同仁常以棘手案件求助，甚至央求他審訊，又曾在法學

院擔任講師，寫過數百篇有關訴訟的法律文章，行事不張揚，為人低調，因此他的兒子雷·艾特里教授對父親留下差不多三百萬現金，感到不可思議。他相信這些錢是骯髒錢。想着這筆錢，雷的所有壞念頭都出來了。雷暗地裏也驚異自己怎會有這樣歪邪的想法。（筆者不知道香港有些律師，挪用公款，是否也一如雷·艾特里般，在巨款面前，內心把持不定？）

雷開始懷疑他父親是雙面法官，否則，怎能從正當途徑得來這筆款項？他想起父親午餐時，曾和書記克勞蒂亞在辦公室裏胡混，給杜利律師撞見並四處傳揚。此後，杜利代表的案子，逢打必輸，終致客戶流失，最後更被艾特里法官弄得讓律師公會除名。而對克勞蒂亞，父親也只存「玩弄」之心，付她額外津貼，交換額外的性服務。她被丈夫抓到出牆之實而失婚，法官都沒有娶她；待她找人再嫁時，法官馬上把她解僱。雷的友人塔伯特還告訴他，芝加哥有法官向律師收錢，一件案子收五百到一千，幫他們把案子排期提前，兼作有利判決。後來 FBI 收到密告，抓了幾個律師，把付給法官的鈔票序號先記下來。兩年的行動，總共有三十五萬流到法官手裏。FBI 最後拉人時，還在法官的兄弟家裏找到了一批有記號的錢。其實，雷一開始發現父親這批錢時，已懷疑父親的清白；因此，他要運用法律知識確認這些錢都沒被做記號，才能安心放進口袋裏。事實上，一位表面受人尊敬、載譽清廉的法官，死後留下三百多萬嶄新現款，真教人無從解釋。

末了，雷到漢考克郡的法院查閱父親主審過的案件，發現一宗最有可能受賄的案子：「吉卜遜控告邁爾－布萊克藥廠」。這是一宗「過失致死」的醫療案子。案中受害人由中介律師組團代表，與大藥廠對抗。雷看過檔案，知道父親判案沒有偏幫，判藥廠敗訴，需提供巨額賠償，而代表受害人的律師法蘭奇獲得三億美元，事後他「答謝」法官，找人送了三百多萬給艾特里法官，但他的手下黑社會分子葛迪想取走這三百多萬。這時候雷接二連三受到恐嚇，膽戰心驚，想歸還這筆錢以保命，不得不坦誠地對辦理其父遺產的律師哈利雷克承認：「我想要這筆錢……有三百萬現金在我這雙不乾不淨的齷齪手裏，感覺很棒，比做愛都棒，比我有過的一切都棒……三百萬全歸於我……我也是貪心的人，我也是墮落的人……」「然後把錢洗乾淨，再投資……過多幾年我就有二千多萬了……」至於他父親生前是否有心收取這筆錢，小說並沒有明確提到。

雷最後將錢放回老屋當初發現的地方，隨即老屋被人縱火，想使一切都化為灰燼。雷再次與法蘭奇通電，始得知他的黑社會手下葛迪早前已被拘留，那麼恐嚇與縱火就不應是葛迪他們做的了。誰在幕後主謀整件事呢？經過一連串的分析，雷決定到戒毒所找他那有毒癮的弟弟佛瑞斯特問個究竟。

佛瑞斯特往昔過的是朝不保夕的日子，現住豪華的戒毒所一天就要七百美元，起碼要待在那裏三至五年，錢從何而來呢？雷揭穿弟弟的謊話，原來父親的那張「傳票」竟是

弟弟偽簽，一場騙局都是他設下的：為癌症父親添加嗎啡，以致他死亡；再作安排，讓人看來是雷把錢拿走，然後房子着火焚燒……佛瑞斯特則早已將錢拿走，到無人知悉的戒毒所。在戒毒所裏，佛瑞斯特跟雷說，原本他只想拿一半，而雷也可拿一半，最後卻是一人獨吞了。人性都有貪念。雷也曾想過全拿走這三百萬的，到頭來，卻一分也拿不到。

《死亡傳喚》的作者將法官、律師平民化了。他們都是人，都具有人性的弱點，面對偌大一筆現金，不管誰都會起貪念。艾特里法官也許當初並沒有因為錢而影響他的判案，但他收到送來的錢後，卻將它收藏起來，沒有申報，沒有報警，也沒有跟兒子或任何人提起，說是沒有貪念，無法使人相信。想來他在收到這筆錢時，應有一番掙扎。他知道，錢是由他判勝訴的受害人一方的律師送過來的，他絕對應該避嫌，若有任何法律承擔，也是法官咎由自取。

作者葛理遜很巧妙地透過他兒子雷‧艾特里教授的內心活動，揭示人性的陰暗面。作者想強調的一點就是，至少魯本‧艾特里法官沒有在審訊案件中涉嫌貪污，也沒有收取任何利益而妨礙了正確的判案，他對公益事情亦竭盡所能，至於在個人愛恨方面的偏差，乃人性脆弱的表現，法官也是人，自然有人性無可避免的弱點。這是否雙重性格，看來也不盡然，只要法官在審案時操守正確，回到閒人生活中有細節上的瑕疵，也是可以理解的。香港也曾有過兩位退休的高等法院法官，一位被定罪騙取綜援，一位因家人關係而收受利益，但這些都不是任內發生的事情。據悉，幾年前，深圳

從《死亡傳喚》中看法律人

就有六位法官同時被「雙規」。作為法官，市民對他們的要求自然較高，像《死亡傳喚》裏的魯本‧艾特里法官是市民口中清廉公正的法官，但其人性的弱點，是否抵消了他的功績？

這也正是曾作為律師的作者葛理遜想給讀者一個議題吧！

雷‧艾特里教授，一位大學法學院的法律教授，在作者葛理遜的筆下不失為一位好人，作者對他的描述較為詳細。小說通過雷在突然找到父親留下的來歷不明的三百多萬時，其人性的表現、心態的反覆、正邪的掙扎來說明一個法律人的常人化。作者描述當雷發現父親藏起的偌大現鈔時，胡思亂想，精神恍惚，繼而拿了一些往賭場下注，而心裏一直盤算怎樣瞞着吸毒的弟弟佛瑞斯特以獨佔這筆錢。他把這筆藏在二十多個「布雷克父子」文具盒的錢，分別收藏在不同的迷你倉，且沒有告訴承辦父親遺產的律師。除了怕是「黑錢」外，也避免繳納巨大的遺產稅項。這段時間，雷一直在賭場賭錢，說其賭錢，倒不如說他在「洗錢」，並曾考慮用一些錢買架小型飛機。他一直提心吊膽，帶備手槍防身，又找私家偵探偵查是否有人跟蹤他，幾至風聲鶴唳的地步了。雷為了查清楚這筆錢不會帶給他麻煩，請了父親的情人克勞蒂亞回來商討，並從該筆錢中分給她二萬五千，說是父親留有五萬元款項，冀以克勞蒂亞的反應來測試她是否知悉那三百多萬元的存在。雷的心思實在細密，為的都是要安全地擁有這筆錢，他一直沒有

打算把這筆錢與弟弟平分。

對於律師派頓·法蘭奇怎樣繞過圈子選擇法官審案，雷露出欣羨的眼神。其實，四海之內，都有律師懂得這樣做的。但在香港，與法官稔熟的律師，最多只能在聆訊中獲得較為客氣的對待，法官對他亦較有忍耐力，並不會因為稔熟而影響司法的公正。筆者記得當年在新蒲崗法庭的一宗案件，外籍法官跟被告的大律師在英國時屬同一辦公室，非常友好，當日在法庭重見，額外親切，休庭時，請該大狀入內庭茶敍，為免誤會，亦請筆者一起入內。他們閒話家常，敍說當年舊事，筆者無從發言，但整個過程並無談及案情，亦盡顯司法人員操守。

從小說中，讀者可以窺視到雷教授卻對這種「稔熟」非常欣羨，對派頓·法蘭奇有法令高院聽從指派法官聆訊某案的「技巧」也十分佩服。在派頓·法蘭奇的世界裏「沒有人是沒有辦法收買的」（中譯本第 353 頁）。法蘭奇告訴雷拿出一百萬作訴訟基金，可有一比二百的收益，即是二個億，這說法令雷目瞪口呆。而一般跨國的大機構，大藥廠把原告律師買下來，根本不難，這種集體侵權訴訟，最大的受益人就是律師。當法蘭奇打算收買雷時，雷頓悟那是骯髒錢（中譯本第 375 頁）。自從乃父留下的錢被發現後，他就一直被人跟蹤、竊聽、恐嚇，於是他斷言要把錢還給法蘭奇。故事發展到此，多麼像作者葛理遜斷然放棄律師生涯的果斷。正當雷使一切回歸正軌時，老家被人縱火了，卻發覺縱火者並非葛迪那班黑社會，他還在起火時收到叫他離開房子

的警告。雷驚覺這個一直在他背後監視的人，正是他弟弟，錢是他拿走，父親也許也是他弄死。雷一無所有，不，他拾回了自己，一位年薪十六萬的教授。葛理遜清楚地向讀者說明了，法律人也是人，跟常人一樣具人性弱點！他對法律人性格的細膩描寫，令人歎為觀止。

約翰・葛理遜著，宋偉航譯《死亡傳喚》，台北遠流，2005 年。

江城子

某因行劫被定罪，求情時云年少入歡場，留連忘返，
千金散盡，故搶劫以娛胭脂。

> 長夜未歸蕩歡場
>
> 胭脂香
>
> 更瀟湘
>
> 楚腰芳菲
>
> 為誰解慳囊
>
> 晨曦宿酒人來去
>
> 曾幾度
>
> 伴殘妝
>
> 床頭金盡顯瘋狂
>
> 隔高牆
>
> 鬢亦霜
>
> 游魂孤鳥
>
> 未許解羅裳
>
> 一劫遺恨盡荒唐
>
> 緣底事
>
> 最淒涼

《法庭》:
法律人都無法看懂的小說

　　《法庭》（台北商周，2005 年出版），八萬字左右，收錄《檢察大員》、《法院》、《重現之時》、《每天淹死一個兒童的河》等四篇中篇小說。故事雖以諷刺口吻描述，探討社會各種亂象，揭露人性的醜惡，但筆者閱讀多次，認為所述事情顯得誇張，令人不禁懷疑，它們事實上不太可能在今日內地法庭裏發生。因為近年筆者曾多次應邀訪問內地檢察機關，都未曾發現法庭或檢察機關職員像小說中所寫的那樣辦案。倒是感到，現在內地有關機關審案處事比以前文明，而且公平度可直追香港法庭。筆者只能推測，小說所描述的也許是較早年代（或文革時）的故事。

　　作者張小波，1964 年出生於江蘇省如皋市，上海華東師大畢業，曾在內地文聯及出版界工作。作者並非出身於法律界，故此對法院及檢察機關可能一知半解，在表達方面，不免讓讀者和法律工作者都難以明瞭作品實際上要表達的

是甚麼。曾有多位讀者在網上這樣議論：

張小波，手法看不懂，意思能體會。（豆瓣成員）

他想寫的是法院在殘害人……讓人在不斷的煎熬。但他的寫法確實理解不了，有的我認為沒有必要，而且彼此的聯繫我看不到，有些飄忽的感覺。（小獅子）

《法院》很明顯是在模仿卡夫卡，但個人覺得套用的模式有點過度了，……將百年前的歐洲人語套用在中國作家上不好把握。（汪楊）

張小波竭盡所能地努力，似乎只是為了離真理更遠，在他的小說中，他把真理扭曲得近乎青面獠牙。（沈浩波）

一部不太真誠的書，近年，已很少有一部書讓我看着憤怒，但這部書做到了。（文悅言）

《法院》是一部並不那麼精細的中篇小說，它混雜着年輕人的混亂，而非智者的清晰。（中庭雪）

當然，在網上亦有些點評是讚賞《法庭》的，但這些讚評很少來自法律人。讀者很難理解作者描述法院內種種程序的真假，搜證的規範是否正確。筆者就試從這些方面去評論小說的得失。

故事主角（醫痔瘡的醫生）以第一人稱「我」描述他在看守所、法院裏的所見所聞，但大都是自言自語、胡亂臆度出來的猜測。他和卡夫卡《審判》的主角 K 不一樣。K 是莫名其妙地被帶到法院，不知何故被捕，也不知被誰逮捕，

偵訊後又被釋放，但得隨傳隨到。K雖然也極力證明自己沒有犯罪，然而一切努力均是徒然。整個生活的空間如同無形的法網，連聘請律師也無能為力，直到生日前夕，K被法院派來的兩個衙差押至人跡罕至的採石場殺害。K的反應是正常的，他自信沒有犯法，信任法院會給他討回公道，他是積極的，思想是理性的。這與《法院》內的「我」有很大分別。

「我」是自知有可能觸犯法律的（第52頁），在為一位女士診斷痔瘡時，「我」這樣形容自己：

> 女士抬起胳膊……這個動作使我對她有了莫名的好感……我發現她某一部份很像嘉寶，極小的部份。……她照着做了，撩起裙子，退下絲質帶花邊三角褲，帶有些許花紋的屁股暴露出來，……我坦而言之，在治療過程中，我的手指……不時會碰到外陰部份……再說得直率一點吧，大約有十二分之一秒時間，我腦海突然閃過了嘉寶主演的一個電影片段……如果魔鬼這時侵入我的靈魂，那就讓我受懲罰吧。

若這是「我」作供的，這些證據就足以定「我」有罪。

反觀《審判》中的K，從沒有一點犯罪跡象，卻被無端逮捕，法院也從沒告訴他所犯何罪。很顯然，卡夫卡筆下的法院遠比張小波筆下的恐怖。後者幾乎可以讓「我」與檢察官、法官爭論，甚至嘲諷。「我是一個法律虛無論的三道、

四道、五道販子哩。……現在你說程序『自行消失』了，我實在搞不懂這是操作不當，怠忽職守引起的呢？」整件事看來是：法院編排的那套法律程序因某一環節超過了時限，已自行取消了。在香港，一般簡易程序的案件，如果控方逾六個月仍未提出檢控，也會喪失時效，不能再延呈法院檢控。事實上，在很多地方，法律程序因控方某方面的疏忽，責任不在被告。被告完全可以不再遭指控。

在《法院》這故事中，檢察院實習生就曾偷偷給「我」多次的暗示。當法官責難實習生與「我」挨着同行時，很不耐煩地咆哮起來，而「我」竟可衝着法官尖聲嚷道：「這下你心裏好受得很囉？是我懇求她扶着我的，我餓得快撐不住啦。」法官對書記員大加喝斥「你卻在與一個被告纏綿着」，「我」一下子變了臉色，用雙拳捶打懸木，並氣得大聲責問法官：「你一個法官竟……這樣說話？」讀者只要閱讀到前面這十數行字，就會感到這哪像一個法庭？哪像是審訊？倒像是在爭風呷醋。這樣的描述，令讀者不知所措，更讓法律人搖頭嘆息，不明所以。張小波也許要通過這樣的描述，來說明法律永遠是不完整的，存在的灰色地帶也多。

內地作家殘雪將《法院》和卡夫卡的《審判》列為姊妹作，筆者不敢苟同。《審判》中的 K 一直茫然，更不要說與審判人員交談。而《法院》中的醫生「我」，與其說是被審，倒不如說是和法官辯論法律的程序及法律的闡釋呢。「我」在偵訊與聆訊中說話天馬行空：有時說檢察院實習生與法官打情罵俏，法官和檢察官相向而行，檢察官與被告又

具有某種意義上的同構；不時又説檢察官撫摸女實習生的頭，隨即又説檢察官告訴實習生要出去撒尿，還有很多諸如法官舐舐嘴唇，跟隨着檢察官大笑，法官甚至忘記了尚未退庭，笑得無法停頓，以致眼淚都流出來了等等。這種種描述，實在令人難以相信，到今天還有這樣的法庭。筆者多年在法庭從事檢控工作，至少在香港就從沒碰到上述各種情況，相信內地也不至於如此。所以當殘雪説：「張小波的《法庭》，事實上已完全當之無愧成為了卡夫卡《審判》的姊妹篇……而且在一個最根本、最關鍵的方面發展了卡夫卡的文學，超出了《審判》所達到的深度。」筆者不勝訝異：怎麼自己連這樣的閲讀「深度」也欠缺呢？小説內真正描述審訊的情況不多，與其説是《審判》的姊妹篇，倒不如説是存在主義的延伸吧！

殘雪還這樣評論：「醫生卻已從水中一下子看到了他的自我的面孔」，「而 M 律師則鼓勵他繼續活在自己的虛構中，因為那是他從今以後唯一的存在方式。」「世俗生活便在某種程度上被納入了理性的軌道。」

閲讀《法庭》是有一定難度的，法律人不容易找到小説內容的重心，一般讀者就更難理解。筆者個人覺得，小説主要想顯示作者對法律的不滿和不尊重。如作者描述，法官聽到被告起初不願請律師時，雙手輪流拍打桌子，罵被告誣衊法庭，並氣得身子搖晃。而被告看到書記員「捂住了嘴巴……這並沒有使她的容顏遭到損害，相反地，倒在她身上構成了賜品般的高貴，這使我想起……我不由得心旌一蕩，

屁股發熱」；被告繼續用惡意的口吻高聲對法官說：「你剛才所宣稱的行業準則據我看來，它在邏輯上玩的花招並不下一處哩。……法律上的事實決不可能是先在的和明朗的……這像風乾的鹹魚……一個被告會對法庭推心置腹到何種程度？」批評法官「一生中無所依託，像是被幽靈吮吸空了似的」。上述情況，在法庭的聆訊中可能發生嗎？作者想表達的是啥？法官會在嚴肅的法庭內任由被告胡言亂語麼？況且這些全與案情無關，也與證據無關，對被告有幫助嗎？顯然，作者意圖通過「我」來表達對法律、法官的不屑。

作者還想借被告自稱「精神錯亂」來影射法庭紊亂。被告醫生這樣說：「我無比紊亂地，甚至全部目的只是為了引起書記員詫異而訴說……」接着被告人向前傾斜過去，「在我與法官兩張面孔之間恐怕要再容納一隻鼻子也不可能了……」而法官指被告「你暴露了自己在這世界上連一個說知心話的朋友都不配有……我寧可把你看作是一個佯癲佯狂的傢伙……」被告卻這樣回答：「被告是這樣一種動物，牠只是為審判及判決的執行而精心培養出來的，他們像實驗室裏吱叫着的豚鼠……」假若作者以這樣的思維來看審判，那被告所犯的刑責又是如何培養出來的呢？作者通過這樣的對話來說明法律的荒謬是站不住腳的。

作者進一步描述法官，「我們該回去了，法官相當自然地把女孩耳邊的幾根長髮向上撩去，並俯身提醒道……」目的顯然是要醜化法官的行徑。被告還進一步引述聖經故事：聖保羅在寫給科林斯人的一封信函中斷言「法律……本身是

不好的東西」，「當人依據法律生活時，樹林只憑衝動存在着」。作者想通過被告去表達對法律的不滿，但這樣的描寫能引起讀者共鳴嗎？作為法律工作者，我們都深切了解法律並不一定完美，法律需要日積月累的經驗去完善，而法律的灰色地帶更需要從法律的實踐中去消弭。

從被告醫生一連串對法律的鄙視中，我們看不到一點曙光。當「我」看到代表他的律師 M 先生時，他的感覺是這樣的：「律師對法律來說，像把一個謐號送給屍體那樣顯得瑣碎滑稽」（內地律師組織條例第三條規定：律師有幫助司法官發現真相的義務。香港的律師守則也有類似的規定），他還說：「M 先生慣於煽情及迎合公眾……M 先生是一個訟棍，一個被虛榮心支使着的法律門外漢」，「M 先生還帶着一隻貓咪到庭上」。被告既對自己選擇的律師有意見，為何卻又任由他代表自己？而且，M 先生還這樣說：「怪不得司法官說你這個人不好對付！」在案件聆訊前，司法官員竟互相談論被告的行為，這實際上是不允許發生的。而且 M 先生向被告承認他將貓咪放在懷裏，由牠的行動提醒他應作甚麼反應，小說寫到這裏，有些讀者禁不住大罵荒誕。作者在小說中作這樣的安插，實在使人不安，不能不懷疑作者的思考接近冥想了。

殘雪女士這樣說：「作家還有另一個最大的成就，這就是帶領讀者進入幻境的同時，使先輩的文學遺產在文本中得以生動地再現。」筆者認為，假若作者是想讓讀者了解法庭的話，引導讀者幻想脫離現實情況的法庭於事無補。法律是

實踐的、經驗的，不是藉幻想或冥想可以了解的，一個幻象接一個幻象，只能將法律模糊化，絕不能令法律的闡釋更清晰服人。

殘雪還說，被告與法官侃侃而談，又像利用自己掌握的法律知識揭對方老底（見殘雪評論，小說第 275 頁）；筆者讀畢小說，壓根兒沒發現法官和被告在法律上曾討論過甚麼法律觀點。大多只是這位古怪的被告醫生，以理想主義的人生觀，和法官傾訴衷腸，喚醒自己潛意識的覺醒；但另一方面卻又否定法官存在的價值，說法官是一個沒有痛覺的人，沒法進入世俗。假如根據殘雪所說，張小波要描述的並不是法庭，而是法官，一個他心目中認為看不到生活意義的人，那麼「審判」還有甚麼必要？難怪醫生被告「我」最後被釋放。這也顯示，作者要告訴讀者那最後勝出的，依然是那古怪的被告，而他心中的所謂「法律程序」是由被告幻想出來的，他一直在潛意識中找尋自己的存在。

卡夫卡的《審判》讓讀者在閱讀中感受到法制的巨大壓力，它被濫用時的可怕，以及一個行外人的孤立無助。但讀畢《法庭》，你看到的完全不同，也許你甚麼也沒看到，只見一連串虛幻構想。作者似乎藉揭露法官、書記員、檢察官的醜態來表達對法律、法院的不滿，事實上卻依仗法律來拯救自己。筆者無法從《法庭》中看到法律的真正程序，也不了解作者到底想說甚麼。至於殘雪對《法庭》的上述評論，筆者唯有啞然失笑了。

勒尼德·漢德（Hand）法官說過：「在這麼多年的經歷

之後，我必須這樣說，作為一個訴訟當事人，我對法律訴訟的恐懼幾乎超過了除疾病和死亡之外任何其他事情的恐懼。」這就是法律了，可別對法律抱太高的幻想呢！

滿庭芳

兒女情長，小秀逝世多年，每憶昔日木柵校園
騎腳踏車瀏覽，長髮飄然，指南宮下，道南河畔，也
曾刻骨銘心。

指南宮下

道南橋上

薰風髮絲猶香

醉夢溪旁

秋露寫文章

遊戲桃源流水

卿笑我

幾許思量

眉深鎖

滔滔狂語

風過更迷茫

心事

共浮沉

辜負鷗盟

又到重陽

難再踏車行

淚眼周郎

明月隔岸無詩

誰伴妳

孤身路長

塵緣斷

何奈經年

無語話淒涼

從《失衡的天平》看法律人的情和慾

　　台北律師公會 2003 年首次舉辦法律文學創作大賞，翌年再接再厲，選出了三篇作品：《相遇》、《尋找杜蘭朵》和《失衡的天平》（獲特別獎）。03 年由於初辦，選出的作品《青春的偷竊歲月》竟誤導讀者把逃避法律制裁視為榮耀，頗可非議（見筆者《法律與文學》）；不過 04 年的三篇，成色遠勝首屆，能在法律與文學的相遇中充份取得平衡，法律的思維正確。這一來是由於創作者兼有法律人和非法律人，評審中有法律學者和著名作家等；二來是相信評審們也曾充份閱讀過理察‧波斯納（Richard A Posner）的名著《法律與文學》，且首屆經驗也給予他們較為清晰的法律文學的概念，提升了他們對法律性和文學性的理解，對具有人性的法思，給予更多的關注。

　　《失衡的天平》在這方面有相當深入的探討，作者彳亍於法律和人性中間，讓讀者了解法律人的情與慾如何在法律

中演繹。

作者侯紀萍當年還是文壇新秀，就讀於東吳大學中文研究所，是三位得獎人中唯一不具法律資格的作者。雖然如此，但她也曾在法律補習班擔任過編輯，對法律條文有相當認識，還經常與法律界人士交往、到法院旁聽（就像《失衡的天平》中法官太太到庭旁聽一樣），對法律人的思考行為模式有深切體會；加上出身中文系，用文字表達法律思維更得心應手，況且 03、04 年期間，剛好有幾宗法官外遇的事件上了社會新聞，引起大眾矚目，作者也自然從中取材。

侯紀萍懂得利用社會新聞中主角是法官的特點，加上那兩夫婦各自有通姦的對象，而對通姦應否除罪化，及在法律上的責任賠償等問題，小說都有頗精彩的討論。法官太太在得悉丈夫有外遇後，也展開一段情慾之旅，似乎在肉體上作出了報復，但內心卻一直耿耿於懷，這一描述充份暴露了人性的脆弱。

故事的內容並不複雜，超過一半篇幅是敘述法官（林哲安）跟太太丁玫對法律罪行的一些意見，可以說是法官的意見代表了業界的專業意見，而太太丁玫卻代表了一眾老百姓的感受，而作者也是透過了二人生活上的對話，來表達對法律的看法。法官林哲安、檢察官顏玉成、律師周士為是好朋友，丁玫是作家。小說字裏行間暗示了三人關係特殊，如果串謀起來審案，當是件非常可怕的事。

小說一開始就敘述周士為律師接載其餘三人飆車，時速兩百二十公里回台北。車上的法官、檢察官都沒有吭聲，後

來公路上車子多了，時速減到八十公里，卻因而堵塞了隨後的砂石車。周士為故意開慢一點，導致砂石車不停響號。到收費站時，顏玉成向交警出示「檢察官證」，説了幾句話，警察遂朝砂石車走去，當場以「觸犯公共危險罪」逮捕了司機。

這樣的濫用職權，玩忽職守，竟然是在法官、檢察官、律師「合謀」的情況下發生。顯然作者是藉着小説，揭露台灣司法界的一些陋習。司法人員工餘後的聚會毫不自制，以及相互推介案子，難免會給人「公私不分」的印象；就像作者所説的，顏玉成當了檢察官後，一遇有適合的案件，一律轉給周士為律師，這種毫不避嫌的做法，在香港是難以想像的，也是非常不當的行為，操守難免引致公眾誤會，更嚴重一點的有可能被人向廉政公署舉報。周士為律師這樣説道：「律師只是具備法律知識的商人，做的是販賣法律知識，要賺錢，難免就得逢迎拍馬、鞠躬哈腰、應酬喝酒……」周士為説得興起，直視着顏玉成檢察官，對他説：「……顏玉成，你就不要被我逮到和女檢察官、法官通姦。」按這樣的説法，看起來行內男女關係一團糟並不意外。掌握國家司法前途的男人們，下了班，脱去官袍，竟也如尋常百姓般，毫不檢點，充份暴露了其耽情溺慾的人性弱點。顏玉成也不甘示弱，盡數法院裏大法官、檢察官混亂的感情世界（見235頁）。

司法人員的另一種慾望，是對金錢的貪婪，透過律師給法官送錢的大有人在，買命收費二百萬新台幣，那是廿、卅

年前的幣值了。作者透過法官太太丁玫口中說出：「司法無法獨立於金錢之上。」作為法官的林哲安接着說：「法官也是人，是人就會有七情六慾，就會抵擋不住誘惑。」這當然包括情慾與金錢了。

作者為了證明情慾的誘惑力強，安排了一幕法官和太太在吃了鴨血火鍋後，情慾亢奮，竟然就在停車場內搞起車震的情節，有聲有色，讀之令人血脈賁張。丁玫這時候對哲安在車上造愛的熟練也感到震驚，但快感掩蓋了她理智的思考，猜疑只是一閃即逝。這種「妨害風化」罪是不應發生在法官身上的，但他們倆竟然有一種犯罪的快感，有通姦產生的激情，彼此都認為通姦應該免除刑責，是兩性喜則同住，不合則分手的商業行為，是感情糾葛而無關乎法律。

在他們夫婦的討論中，可以看出作為法官的丈夫（小說其後描寫他與另外一位實習法官通姦）認為每個成年人在法律上都是獨立的個體，並不屬於任何人，通姦並不表示不愛自己的太太，一切實質都沒變。法官太太也曾認為人真的可以有性、愛二元化。她曾想過如果她和另一個男人有肌膚之親，只不過是一個男人進入她的身體，他們衹裡相對進行了體液的交流，沒有人會失去甚麼的。所以他倆認為，兩人通姦，另一方的利益並沒有任何損失，既然沒有損失，為何要處以刑罰呢？愛情跟法律應該沒有關連，而法律也解決不了愛情問題。法官夫婦對通姦的想法幾乎一致，後來兩夫妻各自有了通姦的對象，讀者也就見怪不怪了。作者寫這篇小說的時候，正值社會連續爆發幾單司法人員「妨害家庭」罪，

通姦應否除罪化（非刑事化）也引起社會廣泛的討論。當然筆者並非一面倒同意作者對婚姻二元化的看法，但作者在小說中表達出大膽超乎道德的討論勇氣是值得肯定的，這也許成為她獲獎的理由之一吧！

接下來，作者描述法官夫婦各自通姦的行徑，來核實他倆對通姦非刑事化的一貫想法。由於法官林哲安經常夜歸，太太丁玫獨自駕車夜遊卻在車廂內發現了女性的化妝用品，並且有不同時間、地點的發票，而那些正是她丈夫說在加班的時間。更糟糕的是，發票中竟然有購買避孕套的，這當然非丁玫所用，她頓時怒火中燒，心中想着，他身為法官竟和別人通姦，她心中盤算着明天應該如何面對好呢？後來她從檢察官顏玉成口中得悉她丈夫的對象正是那實習法官許玲玲，這時心裏遂泛起一連串疑問。作者透過小說裏的丁玫，說出了公眾對司法人員犯法的不滿。好比法官林哲安，這個在法庭上扮演上帝的人都輕易犯了法，還會有誰不犯法？犯了法的人還不是天天穿着法官袍在審判別人，判別人的罪。法律只是社會的一件裝飾品。刑不上大夫，法官與法官的通姦罪還不是不了了之。

另一方面，法官林哲安認為自己也和常人一樣，有情有慾，公眾不能因為他是法官，而對他有苛刻的標準。丁玫當然不同意他的看法，她認為社會對法官有較高的道德要求是理所當然，法官不能同時享有道德高地的光環，和犯罪後的豁免。林哲安指出，丁玫自己也同意通姦除罪化，況且丁玫並沒有實際上的損失，作者顯然想說明林哲安的歪理只是為

自己辯解。其實不論是誰，法律面前人人平等，抵抗不了誘惑，就得付出代價。哲安為了平息丁玫怒氣，找來檢察官顏玉成，勸她撤銷控訴，顏玉成這樣對丁玫說：「外遇事件，哪裏沒有？士為也外遇，我也劈過腿⋯⋯這是很正常的。」由於後來收到法院開偵查庭的通知，夫妻二人不得不在檢察官面前對質，令人驚訝的是，林哲安對檢察官的提問一律否認，即使身為法官，在接受審訊時，仍會說謊以利自己的處境。最後檢方認為證據不足，沒有對法官作出任何行動。事後林哲安想修補夫妻關係，他這樣對丁玫說：「就算我跟許玲玲上床，我沒有照顧到你嗎？沒有盡到做丈夫的責任嗎？從頭到尾你失去過甚麼嗎？⋯⋯我從沒有因為那個女人而忽略你，這一點我問心無愧。」讀者看到作為法官的歪理解釋，將自己的通姦行為合理化，相信也會嗤之以鼻吧！

　　從有形的表面上看，可能丁玫沒受到甚麼損失，但感情生活的改變引起的失落，對人性信任的崩潰等等無形損失又如何計算呢？那受法官委託去做和事佬的檢察官顏玉成也不得不這樣說：

　　　　我們的法律主要負責這世界上有形的事物，對於摸不著，看不到的部份，它的能力有限。

　　丁玫在極度失落下，隻身赴美旅遊散心，分別通知當年的追求者作導遊。美國人那套認為「老婆不是個人財產，房子倒是個人財產」的生活哲學，深深影響了她的生活態度。

到訪聖荷西時，接她的是初戀情人伍家和，她住在他那細小的公寓中，在酒精催使下，他們緊抱着，進入夢鄉。距離驟然縮短，家和鼓勵她抽點大麻，之後她接受了他。小說描寫小玟出軌的文字，遠比上舉夫妻「車震」恣肆得多，很難想像出自女作者手筆。這次美國之旅，以法官之妻的身份吸毒、通姦，短暫的快樂過後，頓覺非常痛苦，以前指責丈夫的行為，而今自己全做了，犯罪原來是那麼容易的一回事，法律無疑可以約束行為，卻治不了人心。由於道德的枷鎖已經打開，當檢察官顏玉成再受委託前來做說客的時候，她坐在玉成腿上，發狂地吻玉成，個多小時內，他們滿足了彼此二次，丁玟的道德底線已經完全崩潰。至於作者是想透過丁玟來表達女性情慾的氾濫，還是想揭露法律人之間對性的隨便呢？到後來林哲安一再要求丁玟不要離婚，但已經離了譜的她，還能走回頭去嗎？她不原諒林哲安，也不能原諒自己！

作者在描述司法人員工作的同時，也揭露了他們工作背後的陰暗面。小說中法官林哲安與實習法官通姦，與「司法黃牛」周士為有千絲萬縷的「友情」，叫檢察官顏玉成遊說太太撤銷控訴，在調查中說謊，種種作為都是離經叛道的。至於檢察官濫用職權，指使警察建人，縱容律師友人犯法，轉介案件給律師友人，並且與法官太太通姦，除了妨礙司法公正外，自己也觸犯了刑責。而作為法官和檢察官友人的律師周士為，恃着有法官和檢察官撐腰，更是肆無忌憚，也懂得給法官送錢的門路。根據法官太太丁玟在現場的描述，這

班人在一起的時候，無不粗言穢語，與在庭上的表現，簡直是二碼子事。難怪丁玫感嘆地說：「國家司法在你們手中，還有未來嗎？」作者透過《失衡的天平》引導讀者去思考一連串法律與人性的問題，執法者虛偽的面目，人格二元化，一個社會的法律制度，道德的、人性的、通姦非刑事化的，婚姻、外遇等等問題。法律只能規範阻嚇人的行為，但人的內心世界變化萬千，心內的矛盾掙扎才是最大的痛苦。作者在描述法律人工作性質方面落墨不多，而在男女情慾方面卻有深入探討，她特別指出一些在工作方面受嚴格規範的人士，一旦離開規範的氛圍，其放浪形骸比常人更有過之而無不及。法律的天平、人生的天平，都是理想中的用語，焉能沒有輕重之分？

侯紀萍的《失衡的天平》載於《相遇：2004 年法律文學創作大賞》，商周出版，2005 年。

江神子

　　庚辰暮秋，與畫中諸子聚，馮戩雲樂觀健談，
江啟明謙厚隨和，廖仕強君子細語，華紹棟英俊瀟
脫，曹原嫻淑大方，葉雲蒂嫵媚真摯，余特填詞乙
闋為誌，何日可見之於丹青焉？

　　詩畫蘭亭聚千秋
　　清心透
　　小樓幽
　　丹青雅集
　　今夜意優悠
　　相逢盡把濃情寄
　　無限事
　　樂心頭

　　一點人間見溫柔
　　月如鈎
　　意難收
　　天南地北

相見盡風流

莫讓杯酒照晴空

今宵事

世間留

漫談瑞克・雷克斯的《律師男孩》

　　《律師男孩》（Lawyer Boy）是作者瑞克・雷克斯（Rick Lax）在美國帝博法學院唸法律時的心路紀程，一本嘲謔式的自傳，它並非嚴肅、不苟言笑地討論法律，而是用幽默詼諧的筆觸，諷刺許多人對法律不可思議的誤解。作者小時候一直想當魔術師，但在父母眼中，魔術乃不正當的職業。他的家人、親戚大部份都從事律師這一行，父親是稅務律師，身邊的朋友幾乎清一色是法律系學生。因此，作者最後不得已也進入了法學院，過上他認為充滿酸甜苦辣、爾虞我詐的生活。作者自我安慰，當律師跟魔術師沒甚麼兩樣，兩者手上最強勁的武器皆為「聲東擊西」大法，藉此將觀眾或陪審團的視線引離。律師跟魔術師唯一不同之處：一個用口，一個用手。舉一個例子：七月下旬，電視新聞報道，曾轟動一時的辛普森殺妻案的主犯將於八月獲得假釋。這不由得令人想起，當年代表辛普森的首席辯護律師，就是用轉移注意力的方式，成功地將陪審團的注意力從DNA吻合證據上引離，

轉至一副不符合被告尺寸的血手套上；這染血手套本為關鍵證物，然而卻與辛普森手形不符，最終，全案因證據不足而無法成立。

作者在準備投考法學院時，接受了父母的意見，對以前的試卷冷嘲熱諷。一些考試指南的選擇模棱兩可，例如：

（一）他表現出一種幾近病態的 __，堅持要知道他朋友生活中每項細節。

（a）紀律（b）輕信度（c）好奇心（d）羞澀（e）病態（答案是 c）

（二）有關單位終於盡力來 __ 市區交通擁塞的情形。

（a）佔用（b）減緩（c）運送（d）重建（e）輕描淡寫（答案是 b）

這些答案本該屬於修辭遠多於思考邏輯，超過一個的答案看起來都很合理。作為一個律師，無論是誰走進律師辦公室，他都必須替他辯護，那就是同樣必須為正確或錯誤的答案辯護。從某種角度看來，這令作者對投考法學院感到啼笑皆非。根據投考成績，他成了備選生；他試圖打通人事關係，在請人吃早餐後，對方這樣回答作者：「……我知道不管最後你進哪所學校，你都會有所成就。」這句話聽來像是令人寬心的禮貌話語，如果讀者真的這樣想，他就不是律師了。其實，這句話暗藏着玄機，不啻對方的「免責聲明」。這也說明律師保護自己的心態，強於任何專業人士。作者最後因為總成績未如理想，只能進入三級的帝博法學院。最初的始業教育中（Orientation），教授也好，學生也好，都得在第

一時間爭取知名度。他盡量爭取坐在前排，以引起教授注意；同時，瑞克還利用熟悉魔術玩意去結識女生，他認為魔術比法律有趣多了。有教授也公然對學生說，歡迎學生到教授辦公室打個「招呼」，這樣對學生有好處。內地和台灣的大學生似乎都有到教授家裏拜訪的情況，反之這情況就很少在香港的大學裏發生；作者瑞克也「入鄉隨俗」，到過多位教授辦公室「打招呼」。他雖然不大喜歡這樣，但為了延續獎學金也不得不這樣做。

小說的第三章「照着規矩走」，除了講述上課時的一些法律問題外，主要是敍述作者的生活：他似乎墜入戀愛漩渦中，還參加了學生律師協會的選舉。選舉就如一場小型政治秀，結果選出來的代表是非常低俗的候選人，她的政綱用句「聽話是你說話的兩倍多」，來表達她願意聆聽別人的意見。在競選過程中，作者也曾被人刻意抹黑為種族主義者。由於他的法律思維不差，經常與同學分攤研究作業（互相抄襲？），對案例的研究時有獨特之處，因此常被一些「擦鞋仔」歪曲事實，引致與教授意見相左。

作者認為教授所舉的案例過時，例如貝瑞教授指派閱讀的八件強姦案例，跨越幾百年。依據普通法規定，除非受害人能證明被侵犯時她極力反抗，被告仍然強行進入，否則法庭無法判被告有罪。實際上，現今法庭則以受害人於自由意志下同意與否作為裁決依歸，現在公認受害者不一定會反抗，因有些人害怕反抗會加劇犯人暴行，有些人嚇得不敢動彈，有些人則根本無力反抗。還有，以前普通法規定，男人

在法律上不可能強姦他的妻子，可是現在法庭早已廢除此婚姻免責權，一件強姦案檢控官要提出「佐證」（Corroboration evidence），即受害人證詞以外的證據，這對案件雖然重要，但亦不是必須的。因此當他獲知「法學寫作」的成績只拿到B時，忍不住向戴文派克教授查詢，卻被教授刻意奚落，失望而回。瑞克也曾懷疑律師援助計劃不過是用來掩護品格合適委員會的幌子，其實私底下不是真要幫助酗酒和藥物成癮的法學院學生或律師，而是一直想盡辦法剔除酒鬼。

作者間接地揭露，律師行業中酗酒和濫用藥物的比例，大概有百分之十五至十八，而其他專業人士只有百分之十。作者更認為沒有人會說自己喜歡法學院，百分之八十五的學生對其恨之入骨，而說樂在其中的百分之十五學生往往口是心非。根據美國的一項調查，法律生受壓力和患憂鬱症的比例高出全美平均比例三到四倍，有學者更認為律師所受的訓練是要使其思考理性客觀，再加上其貶低情緒關懷和感受，遇上問題時可能會有礙求助。由於人格特質獨特，有人主動關切時，律師可能還未察覺自身出了問題。律師的個性亦較偏激，包括好辯、好勝、上進、喜歡掌握主導權等等，而這些特徵皆可能導致社交隔離。但也不能以偏概全，實際上好的、傑出的律師也不少，筆者有三分一朋友是法律界人士，其中不乏具有強烈正義感的人，就像警察一樣，對不公義的事情都會發聲；富感性、重感情的也很多，就像某位外籍大律師，為了救助回到俄羅斯的女友而冒險親自與黑幫談判，最後在莫斯科被槍殺。而他的一位好友大律師，事後專程前

往莫斯科把他的遺體接回來。（這位大律師現在已是香港高等法院的法官——這是題外話了。）

像作者這樣一位學生，相信在法學院內亦不是好惹的，他除了鍥而不捨地質詢教授評分外，也在一些課堂上與教授對着幹。他質疑那評他 B 級的戴文派克教授所說的，要如實徹底回答問題，即使在跟媒體打交道時也是；而他在電視上看到律師跟媒體周旋時皆含糊其辭，並問教授回答法官問題和回答記者問題時毫無區別嗎？很顯然，瑞克在自找麻煩。教授的回答也充滿火藥味：「瑞克先生，你現在的每句發言都讓我覺得，吃法律這行飯前你最好三思，或許你比較適合搞公關⋯⋯你也知道我多討厭老話重提。」這些都是作者輕視對教授應有的尊重，或自視過高的結果吧！

《律師男孩》的作者瑞克·雷克斯在某程度上來說，對同是法學院的同學懷有一份真摯的情誼，他因懂得用魔術玩意來替學生組織籌款，成為學生中的知名人士，但壓力相應增加，招來不少妒忌。而作者內心深處，沒存報復之意，只以競爭心來開解這種芥蒂。很多時候他以法律的認知來處理人際關係，結果觸礁，就像他和維多莉亞的感情一樣，他總是帶着雄辯的心態來處理彼此的紛爭，最後導致二人分手。分手時，維多莉亞告訴他，她想跟的是平常人瑞克，而非律師男孩。雖然作者一直想說服她，説他自己的本性還是瑞克，而非律師男孩，但最後連他自己亦相信自己更像後者。很明顯，作者將愛情與法律掛鈎，而愛情是浪漫的，法律卻是規範的，所以很難有圓滿的結果。在小說最後一章，作者

也不得不承認自己已非當初入法學院時的瑞克了，他承認至少一部份的他成了律師男孩。

認真説來，《律師男孩》是一部組織散漫的小説。小説中引了很多課堂案例，但沒有甚麼令人意外的思維，讀者也不難想像新生進入法學院第一年能有甚麼作為。有評論者説，作者描繪了法學院非人生活，筆者以為這樣的評論不負責任。在小説中，我們看到作者瑞克也過着與一般大學生無異的生活：追求女孩子，用魔術逗女孩子歡心，和女孩子同居；參與學會選舉，追逐名利；還一而再、再而三到教授的辦公室搞關係，或要求教授更改考試分數等等……這些怎能算是非人生活呢？我們只能説《律師男孩》行文詼諧，它道出了唸書時的苦與樂，苦是應付教授上課時的質詢，樂是大學生活中的青春浪漫，與教授、同學之間的心理攻防戰。這不能説是一本成功的小説，它的結構並不嚴謹、東拉西扯、沒有特別的情節，倒像是一本嘲謔式的一年級新生自傳。如果讀者抱着學習法律知識的心態，讀它肯定失望。讀者必須明白官司的操作方式：同樣的案例，面對不同的法官，就可能有完全相反的判決，也許正因為這樣，作者最後還是脱離了律師行業！

瑞克・雷克斯著，李之年譯《律師男孩》，台灣樂果文化事業有限公司，2010 年。

謁金門

　　1999 年 10 月 20 日天氣微涼，與任職立法會法律顧問、摯友馬耀添太平紳士及大律師葉德強敍於金鐘北京樓，二位對余素關懷備至，濃情厚意，銘感良深也。

　　恁思量
　　曾是攜手成雙
　　不堪煙雨回頭望
　　忍負舊風光

　　往事何需聯想
　　天涯海角香江
　　濃情此地醉公堂
　　最是人無恙

誰能作出判決？

　　法律小說一直是文壇上最缺乏的類型，特別是在內地和港台，涉及法律的文學作品鳳毛麟角，日本和台灣雖然也有作品面世，但由於作者不一定是法律界出身，作品的法律問題常出現謬誤。例如台北律師公會曾得獎的作品《失衡的天平》、《色計》、《青春的偷竊歲月》不是法思有誤，就是法庭審訊程序不清晰；內地的小説《法庭》更是不知所謂，將法庭描寫成嘻笑怒罵的地方；日本東野圭吾在《信》中探索雙重處罰問題，根本就忽略了法律的嚴肅和公平性。筆者最近得梁科慶博士推介一本陶龍生博士的著作《判決》，因為作者本身的生活體驗，所以作品具有真實感。

　　陶龍生畢業於台灣大學，在美國哈佛修讀法律，獲康乃爾大學法學博士和哲學博士學位，他除了當執業律師外，也寫了一連串法律小説。他的作品比較貼近人生的平凡現實，他的經驗使小説的情節更加豐富，在法理、法庭程序方面亦幾乎無懈可擊。《判決》採用了一個嶄新的結局，就是由

讀者閱畢整部小說後，再根據自己的理解去決定被告是否有罪。

小說主角王伯納教授從事幹細胞研究。幹細胞由胚胎中擷取，換句話說就是未出娘胎的嬰兒，這種做法一直受「保護生命」團體極力反對。但王伯納解釋從病人身體取出已經的胚胎是不具生命力的。而有些人卻認為提取死嬰中的幹細胞做的是非法研究，是殺死嬰兒；正因為這樣，欲置王伯納於死地，他在停車場中被槍傷但幸好沒有死去。跟着故事的發展是偵緝及逮捕「保護生命」團體成員、疑犯丹尼斯。

讀者可根據證據來「判決」被告是否有罪，但證據的搜集是否合法得來？程序上是否有對被告不公？疑點是否合理等等，都是作出判決前必須考慮的因素。筆者就從這幾方面分析，讓讀者作出判決前，有周全的考慮，否則被告即使被定罪仍可藉此上訴，甚而脫罪。一般案件，控方會向法庭陳述疑犯犯案的動機。美國聯邦法典有一道法律，專門處罰仇恨犯罪，是克林頓任總統時頒下的法律。「保護生命」這個團體是反對墮胎合法化的，動機是白人男子要保護白人女子，不准她們墮胎，以免白人人口減少，讓外來族群侵佔；而這種針對被害人的宗教信仰、種族而進行的犯罪行為，就可構成「仇恨犯罪」。這個團體過去曾槍殺過幾位醫生，警方抓到的疑犯丹尼斯除了是活躍的成員外，也曾有過暴力紀錄；而向公眾發放的威脅及反墮胎的信息，也來自丹尼斯的伺服器。當然僅憑向公眾發佈威脅性言論是不足以構成謀殺罪的，況且控方必須要證明伺服器只有疑犯一人使用；

受害人王伯納的證供亦並非十分清晰，黑夜無法認清疑人面孔，只覺得那人高大，及有紅光一閃。控方懷疑疑人行兇時吸菸，故在黑暗中看來有紅光一閃，現場也拾得菸蒂。如要證明菸蒂跟丹尼斯有關，必須設法取得丹尼斯身上的特徵，如毛髮、唾液等；但這種行為必須合法，絕不能強迫疑犯提供樣本作 DNA 測試；而任何不合法的取得，均不能呈堂作為證物，這個概念與程序，美國和香港是沒有分別的。本來控方是可以向法官申請搜查丹尼斯家或搜身以取得樣本，但僅憑一根菸蒂就向法官申請搜查令是不切實際的。作者陶龍生教授深知美國注重個人權利，憲法一方面准許政府對犯罪嫌疑人進行「合理的搜索」，以追查犯罪；但另一方面也保護老百姓的隱私權，法官必須公平地權衡兩者，作出合法的決定。而合法、合情、合理的基礎，便是政府必須要有證據，證明疑人很有可能犯過罪，並與涉案有關。作者陶龍生教授更在小說中藉其中一人對美國法律保護老百姓說出了一句令人很有感觸的話：「這就是美國的法治，也就是為甚麼我們愛這個國家。」

由於控方不能強行取得疑犯 DNA，只好通過旁門左道從疑犯丹尼斯的女兒入手。美國學校都規定十八歲以上婦女，應每年做一次子宮頸塗片的檢查以防子宮頸癌；政府衛生機關在必要時可以取得病患的紀錄，「必要」是指對大眾有公害的危險，影響公眾安全。控方向衛生署的官員指出正調查兩宗謀殺案，均是和「保護生命」團體有關，如不能取得疑犯 DNA，可能有更多人受害。衛生署官員衡量輕重後，

決定讓警方人員取得紀錄並送往總局核對。衛生署官員的衡量或許有所爭議，但控官取證卻是通過「合法」的途徑，在法庭上站得住腳。警方搜查丹尼斯家並取走樣本，包括浴室內的毛髮、飲用過的咖啡杯等，丹尼斯則提出不在場的證明。美國和香港的法律在程序上有很多近似的地方，一旦宣稱一個人是犯罪嫌疑人，這個人便開始享有「被告」人的一定權利。警方若進一步搜證，無論是否有利於被告，理論上都應該知會被告律師。控方的 DNA 證據確鑿，在現場撿獲的菸蒂與丹尼斯 DNA 相同，再加上受害人在黑夜現場看見紅光，最低限度表面上證據證明丹尼斯曾在現場出現。如果丹尼斯說途經現場取車，曾丟掉菸蒂，沒有襲擊任何人，則可能有合理疑點；但現在丹尼斯否認到過現場，則他的誠信大有疑問；解釋為甚麼有他 DNA 的菸蒂在現場撿獲的責任便落在丹尼斯身上。

美國法庭的設計和香港的差不多：法官的高台在正前面，低下一層是書記員或傳譯員的桌子，背對着公眾旁聽席的是控辯雙方的律師；唯一不同的是在美國的被告可以坐在律師旁邊，陪審團則在法官的右前方。美國的陪審團通常十二人，香港通常可以到九人，案件開審通常都由控方主導。從小說中可以看到，被告的代表律師柯恩並不出色，他的盤問（X Exam）進一步強化了控方的證據。

柯恩：「你提到現場拾到一支菸蒂，請問，你並不能確定那根菸蒂是何時被丟棄在那個地點，對吧？」

證人回答：「不能百分之百確定，但菸蒂還有熱氣，顯然不久前被吸過⋯⋯」

柯恩急忙打斷證人的話：「然而它並不一定是在犯罪時候被丟棄在現場，對嗎？」（這句盤問本身就有問題）

證人回答：「不一定絕對與犯罪發生在同時，但我判斷丟棄的時間，應在槍擊前後。」

被告律師柯恩的盤問，實際上是幫了控方一把，向法庭指出了香菸和犯罪的時間前後相連。

柯恩在辯方舉證的時候，提出兇手另有其人，而且已被警方緝捕歸案了，而警方的證供亦大致和辯方的一樣，這對控方來說，是相當致命的打擊。控方在盤問辯方證人時，指稱身為探員卻做事草率，例如沒有將菸蒂送往查驗，而他們所拘捕的「疑兇」所持的手槍與槍傷王教授的手槍彈道不同。跟着是辯方傳不在場證供。根據聯邦訴訟程序法規定，被告若打算證明他不在場，審前必須通知法官和控方，以便對方有機會應對（聯邦刑事程序法第十二條第一節）。這點做法和香港刑事法庭一致。由於已經通知，雙方才有機會提出反證，當辯方律師柯恩主導證人提出他當時與被告一起，沒可能分身犯罪，要證明辯方證人說謊，除非有其他證供，否則很難說辯方證人作偽證。輪到控方盤問的時候，向證人及法庭呈上衛星導航系統 GPS，一份由國防部提供的紀錄，內有丹尼斯在案發前後的行車紀錄，而案發的時間，丹尼斯的汽車方位正在案發現場；辯方另一位證人的手提電話紀錄

亦顯示他在案發時曾與證人通話，不可能兩人同在一起。

控辯雙方舉證完畢，就是雙方的結案陳詞了。為了讓讀者可以參與「判決」案子，作者簡單勾畫出雙方所持的證據：控方指稱被告是「保護生命」團體的殺手；在另一單抓不到人的「交通意外」案子中，亦有丹尼斯的 DNA，而死者亦是幹細胞研究人員（Similar fact evidence）。王教授被槍擊案的被告聲稱不在現場，卻被揭發有他 DNA 的、尚帶溫熱的菸蒂在現場撿獲，而兩位證明被告不在現場的證人，又被揭發在庭上說謊。導航器亦證明丹尼斯在案發時曾駕車在現場出現多次。

辯方的陳詞則指出，警方已經抓到「兇手」，為了打壓「保護生命團體」，冤枉被告是兇手，僅憑現場的菸蒂，證據非常薄弱，況且控方先鎖定丹尼斯再製造證據，雖在被告家找到 7.0 厘米子彈，但兇槍找不到，是否被告行兇，不能肯定，疑點的利益要歸於被告。

通常這類案件在美國需獲得十二位陪審員全體同意，才可判罪，每一位陪審員都持有否決權，萬一達不到判決，這次庭審便流產，法官必須解散這個陪審團，重新開庭。換句話說，就是必須另組一個新的陪審團，再從頭開始，重新審理一次。

作者陶龍生寫到這裏，便將故事停下來，不作進一步描述，卻將筆頭一轉，叫讀者作為陪審團，作出自己認為合理的判決，而作者自己沒有作出任何有罪或無罪的定奪。為讓讀者能作出合理的「判決」，他們必須考慮以下幾點：

（有關控方的理據）

一、被告丹尼斯在網上發表仇恨幹細胞研究的言論，倡議暴力對抗，這點動機就很明顯了，而起草這份宣言的也正是丹尼斯本人。

二、兩位受害人都是幹細胞的研究者，而丹尼斯曾出現在罪案現場。

三、現場留下的菸蒂，有丹尼斯的 DNA，尚有餘溫。

四、衛星導航系統（GPS）的紀錄，顯示當罪案發生時，丹尼斯的汽車停在附近。

五、流動電話使用紀錄表明在案發時，丹尼斯曾在現場打電話給他朋友。

六、較早前王教授助手車禍案，亦在丹尼斯汽車上蓋發現死者血漬等。

七、在丹尼斯家中發現有 7.0 厘米子彈，正是槍傷王教授的同款式子彈，雖然手槍找不到。

（有關辯方的理據）

一、所有證據，控方必須以合法方式獲得，不能違反個人私隱及人權。

二、辯方兩位證人提供不在場證據。

三、控方不應該先鎖定被告，然後採集證據，控方不是先查出犯罪情況再追緝犯人。

四、控方沒有任何目擊證人，又沒物證（手槍），被告

身上又沒有血漬，亦沒有他的指紋。

五、缺乏直接證據，控方的所謂證據，全憑推斷。

六、案情只憑推斷，並不可靠，而此案並沒有佐證。

七、如果 DNA 取證不合法，又濫用權力取得行車紀錄，是嚴重侵犯人權，法庭不應該接納不合法取來的證供，控方便沒有證據證明丹尼斯與此案有任何關連了。

作者將判決權交給讀者定奪，讓讀者更加投入，這不能不說是作者的高招。

《判決》並非陶龍生唯一的作品，他的法律推理小說曾使他數度獲得美國文藝著作獎殊榮，他的作品《證據》、《拉斯維加斯的春天》、《轉捩點》、《沉冤》、《合理的懷疑》等都是成功的作品。他的主要工作是美國執業律師，寫作只不過是他的興趣，但卻又有非凡成就，在兩岸三地的法律與文學界別中，他的法律小說理應佔重要席位。由於他是律師專業出身，小說中的法理、程序等毫不含糊卻又深入淺出，讓讀者無論懂法律與否，都能享受到閱讀的樂趣。

陶龍生《判決》，台灣聯合文學出版社，2010 年。

小重山

　　資深大律師清洪與余干戈多次，惟未損友情，余上任金鐘，彼首來賀，未知何日可再披甲明庭，與君激戰焉。

廿載年華法海遊

罡風無私語

誓不休

公堂爭論亦風流

咫尺外

干戈人消瘦

法理尚帶愁

疏狂未知羞

又深秋

浩瀚思維束高樓

千般意

問何人接收

漫談史考特·杜羅的《我無罪》

　　史考特·杜羅是擁有多部法律暢銷小說的美國律師作家，作品曾多次拍成電影，如《原罪》、《無罪的罪人》等。這本《我無罪》（Innocent）①可被看作《原罪》的續集。杜羅的小說非常貼近真實人生，毫不掩飾地表達人性的愚蠢與脆弱。事實上，法律除了公平正義，更關乎人性；但人性多元，善與惡又豈是法律可以維護的呢？定罪懲罰的意義到底何在？是否真能證明為惡者必將付出代價，不得好報呢？自有法律以來，罪案並沒有減少，罪犯反而越來越精明，又豈是法律懲處制止得了？判處有罪或無罪，是否能夠處理複雜而又千變萬化的社會紛爭呢？杜羅通過《我無罪》說明了生命的沉重真相：人們偶爾都會因為自己也不明白的理由，犯下相同錯誤。故事主角法官魯斯迪·賽畢奇做律師時，曾被控謀殺但獲判無罪，現在再被控謀殺妻子芭芭拉。剛逃過大難的人，究竟會有何等心情？

　　故事一開始便敍述魯斯迪坐在床邊凝望芭芭拉的遺體，

沒有哭，沒有致電任何人，沒有通知醫護人員，也沒有報警，在那裏枯坐廿四小時，直到警察到來，他重複告訴警察自己移動每件東西的過程，交代每一刻做過的事。他的行為反應使人感到不尋常，特別是魯斯迪一開口就說芭芭拉是死於「高血壓性心臟衰竭」，竟與驗屍報告結果一致，這引起檢控人員的質疑。檢察官湯米正是廿年前起訴魯斯迪那宗謀殺案的檢控官。這次湯米對是否檢控魯斯迪猶豫不決，一因魯斯迪快將升任最高法院法官，二因證據還不是那麼充份，三因怕人說他公報私仇。但湯米的助手吉姆就堅持魯斯迪嫌疑很大，後來更搜索他的住所，扣押他的電腦，以謀殺罪嫌起訴魯斯迪。鑑證指紋專家也從芭芭拉的藥瓶中找到指紋，而這藥被人掉換過，放的是吃過量會致命的苯乙肼。控方進一步將指紋作 DNA 驗證，也證明與法官魯斯迪有關。魯斯迪聘請了著名律師桑迪，檢控方面就由湯米負責，於是冗長的謀殺案審訊便展開了。

在整個審訊過程中，雙方的同事或親友均曾做「手腳」，其中安娜是被告魯斯迪法官工作時的助手，由於長期共事的關係，愛上了年長卅多歲的法官，且有親密關係，風聲自然也傳到芭芭拉耳中，夫妻關係遏止。但安娜此時卻巧遇法官之子奈德，雙方也產生愛意，不過奈德由始至終都不知道安娜與乃父的關係，魯斯迪法官亦蓄意隱瞞他與安娜之前發生的一切。

控方於庭上揭露，有人蓄意刪除法官外遇的對話信息。魯斯迪在回答盤問時承認有外遇，但他不用回答關於那女人

的資料，一來與案無關，二來也是私隱問題，除非有證據證明「此人」牽涉謀殺。魯斯迪認為，太太芭芭拉可能知道他有外遇而自殺，即便事實真的如此，就法律上的定義，魯斯迪並沒有殺死太太，只是道德上難辭其咎，也可說是罪魁禍首。由於老百姓對法官的合理期望高於一般人，所以法官犯法對社會的影響大於一般平民百姓。但刑罰的輕重不應作為對法官操守的判斷，作者史考特・杜羅在《我無罪》中對此有很清晰的描述。法官觸犯刑法並沒享有司法特權豁免起訴，判案出錯是司法程序問題，可以由上級法院糾正，公開了的法官私人行為是關係道德的社會行為。

　　《我無罪》跟一般小說的風格大大不同，它不是一氣呵成，而是設許多章節，分由書中各主角自述，且與故事整體連接，讓讀者更明白不同角色的重要性。故事分別敍述了法官與助手的情愫，主控官的職業奮鬥過程，父子的深情，夫妻日久情疏等，並非單一描述沉悶的庭審，更重要的是它闡述了法律的精神，控辯雙方的操守，讓讀者看畢，對法律多了幾分尊敬。

　　杜羅被《紐約時報》譽為法律驚悚小說第一人。他小說的佈局，不看到最後不可能有一完整概念。全書中譯本共四百多頁，故事的真相（假設真相）②可在第三十九章節到第四十五章節找到。所謂「假設真相」是指，芭芭拉怎樣死去全由法官本人對兒子口述，他兒子奈德對父親的解釋仍心存懷疑，但這不能說是法官作假，死者已矣，不能對證，

而環境的佐證並非直接證據，法官的解釋亦並非全不合理，就算有疑點，疑點的利益歸被告，況且在證物的處理上，有人做了手腳，這點對被告是不公平的，單憑推斷定案並非最好最慎重的判決。

冗長的審訊令所有人煩躁不安，被告的律師桑迪開始和控方檢控官湯米「討價還價」（Plea Bargain）[③]，建議被告承認妨礙司法，干擾證物來換取撤銷謀殺控罪，被告魯斯迪在洗手間時就趁機對湯米這樣說：

> 「到此為止如何？我們都知道案情發展已經超出雙方所能控制，接下來絕對沒完沒了，針對妨礙司法、干擾證物這一點，我去認罪，其他罪名撤銷吧。」「人根本不是我殺的，見好就收吧，湯米。」

湯米要求兩年刑期，魯斯迪也同意了。（在這裏筆者必須說明一點，這樣直接與被告「交易」是不應該的，必須有被告律師在場；但與被告一方討論量刑在美國是可行的，而在香港就不可以，量刑全由主審法官決定。）

湯米回到辦公室與助手吉姆討論後，最後同意接受被告的「交換」條件，撤銷謀殺控罪，接納干擾證物妨礙司法公正，量刑兩年。但助手吉姆還是有些不服氣，認為兩次謀殺罪都給被告脫身，沒有天理。湯米卻不以為然，認為一個剛獲選為最高法院法官的人，在開庭時公開承認自己居然妨礙司法，擾亂證據，雖然僥倖逃過謀殺的罪名，但他的前途也

完結了。筆者認為，庭審不可能必贏或必輸，審判是看證人、證據最重要，法官、律師和主控官都不是在現場的人，都只能憑法律條文分辨證人說的真偽等，來協助他根據毫無合理疑點的證供，決定是否有罪作出判決。湯米決定接受對方的「交易」，實在無可厚非。

然而魯斯迪的兒子奈德深信父親沒有干擾證物，因為他和父親見面時，父親魯斯迪這樣對他說：「我沒有殺你母親，我沒有殺過任何人，但是我妨礙了司法。」「奈德，這是一種妥協，我針對自己犯的錯認罪，避免背負一個真的與我無關的罪名。」從這幾句出自法官口中的話看來，審判未到最後階段，魯斯迪的謀殺控罪在主審法官和陪審團心中仍大有可能被定罪，判決是否真的能將真相還原，誰也不敢百分百的肯定。在實施普通法或大陸法的國家中，都有在審訊中途被控方轉為認罪，或者控方中途撤控，這都是雙方以庭審時的證據而作出的適當決定。（筆者就曾在檢控多宗案件中，由於主要證人供詞與給警察的口供大有出入，而他的證供亦是唯一證據來源，而不得不中止聆訊，背後的原因相信讀者亦應該猜測得到吧。）

主審的易法官聽到控辯雙方達成協議，禁不住露出輕鬆的語氣說道：「現在的結果對社會大眾與本案被告都很公平。」但事實上在檢控官湯米的心中，依然有很多感慨不安，他曾對助手吉姆這樣說：「比方說有人原本想要犯下完美的謀殺案，結果卻因為自己沒做的事情受到懲罰。」湯米一直認為竄改電腦內容應該不是魯斯迪做的，因為他

漫談史考特・杜羅的《我無罪》

使用電腦絕不嫻熟，連刪改搜尋記錄都不懂，是否另有他人竄改了呢？湯米曾經到獄中探訪魯斯迪，希望他說出真相，但魯斯迪依然堅持是他自己動過電腦，與任何人無關，也許他是想保護兒子奈德吧！其後湯米發覺助手吉姆曾經與證物專員檢視過電腦，並默認是自己做了手腳，目的只是想魯斯迪受到應得的懲罰。作者就在這重要的時刻，借檢控官的口，說出對法律的期望與無奈。他認為在混亂的世道上，好人得光明正大，壞人卻暗地裏使手段，他認為身為檢察官的都不能清楚地守住那條底線，那法律就沒有希望了。由於良知的驅使，湯米決定找主審的易法官，請求作出停止裁決的動議，讓魯斯迪可以從牢裏放出來。

　　讀到這裏，讀者不難明白，杜羅筆下的幾位法律專才角色，他最推崇的，依然是沒有埋沒良知的檢察官。（筆者猶記得十多年前，在南九龍法庭處理的一宗銀行打劫案，一位女子牽着四歲的孩子，到銀行櫃檯遞紙條聲稱打劫，職員詫異，叫她稍等，隨即通知經理。經理請她入內商談，她亦牽着孩子跟隨內進，她告訴經理她是來打劫的，經理也只好報案。該女子坐在那裏等警察來，並沒有逃跑，被捕後遭落案起訴打劫銀行（Robbery）並送上法庭。筆者分析案情後，申請押後處理，並囑主案禁辦，再深入取背景報告後，發覺該女子丈夫爛賭，又家暴致使家人無以維生，女子寧願坐牢也勝於餓死。筆者經律政司同意後，撤銷打劫銀行控罪，請法官發出由社會福利署監管的命令。）作為一個檢控官，除了要令犯罪的人受到應得懲罰

外，更有責任監察公正是否徹底地被執行。至於如何處理吉姆，湯米也沒有把握，因為吉姆並沒有向湯米明確坦承自己犯破壞證物的罪行；湯米只好向法庭承認控方沒有好好保管證物，令證物保全不完整，不能將責任推給魯斯迪；主審法官亦贊同控方所稱，把被告給放了。

但據安娜敘述，整個案件完結後，魯斯迪並不好過，像是一條將沉沒的船，失去了一切，他被輿論逼迫得辭去法官職位，至低限度對太太的死負有道德上的責任。那段時間他彷彿再沒有勇氣活在世上。安娜也坦承自己要一生背負着曾經與丈夫父親糾纏的恥辱，這是一輩子甩不掉的心債。

故事發展到這裏差不多接近尾聲，讀者應該聯想到真正「受害」的，是被蒙在鼓裏的被告兒子奈德了。筆者這樣的結論，可以從末了第四十五章裏了解到，這一章是兩父子的真誠對話，魯斯迪深明兒子對他仍存懷疑，以為是他殺死母親的。這一章節對話是隔了一段時間，當兒子回來探望他的時候發生的，奈德的心中是痛苦的，這並非得悉安娜是父親的情人，而是他一直懷疑父親殺死了母親：

「爸，」「我希望你可以告訴我真相。」「關於媽的事。」魯斯迪回答：「奈德，她是自殺的。」兒子閉上眼睛：「我想聽的不是對外的說詞，而是真實發生的經過。」「奈德，你母親自殺了，我不會無恥到為自己開脫……對她我是真的甚麼也沒做。」「當初沒告訴你，因為父母自殺對

孩子是沉重的心理負擔……」

在兒子奈德鍥而不捨追問下，魯斯迪不得不把「真相」（他自己認為的真相）和盤托出，魯斯迪說事發的那天晚上，正好奈德和安娜也來一起晚飯，他感到背痛得非常厲害，便叫芭芭拉替他去拿四顆布諾芬止痛。魯斯迪發覺苯乙肼跟布諾芬非常相似，有點猶豫，四顆苯乙肼肯定會令人中毒死亡；而芭芭拉一直催他快點吃下，他還是瞪着，芭芭拉面色很難看，隨即一手把藥丸搶回，就往自己嘴裏送。而藥瓶上他的指紋是以前給她拿藥時留下的。如果魯斯迪所說屬實，倒是她想除去魯斯迪，這樣對孩子和安娜也是最好的，事實上他們夫婦二人一直都想保護孩子。到故事終結時，奈德都不知道父親的外遇正是他將來的妻子安娜。

庭審揭露了易法官想盡早完成審訊；桑迪律師避重就輕，廣設陷阱給證人；檢察官助手吉姆為求將被告定罪而干擾證物電腦；安娜最初為求向上攀，不惜周旋於父子感情之間；只有檢察官湯米能夠從過去人生錯誤中迅速糾正過來，守住作為檢察官的底線；而奈德，作為被告和死者的兒子才是真正的受害人，得知父親雖然沒有殺人，卻怎也想不到原來是母親想殺死父親但失敗而自殺身亡；對奈德來說，此乃嚴重的心靈創傷。

法律除了公平正義之外，更應注重人性，法律不應是一部審訊機器，所以我們需要法官，由他以獨立的身份，聆聽

雙方的陳詞。法官也是人，有人性的共通點，正因為如此，他才能作出符合人和法律的判決。

①史考特‧杜羅著，陳岳辰譯《我無罪》，台北商周，2011年。
②「假設真相」：因為只有一方的證供，無佐證。
③「討價還價」：審訊中控辯雙方的協議。

小重山

　　暫委原訟庭大法官、資深大律師王正宇與余十多年前同遊九龍城寨，探訪衙門，今同月上金鐘，王兄能曲，惟久未聞其音，何日棄煩塵，高吭廿載豪情。

行裝細拾上金鐘
相思何處寄
訴薰風
戌角征鞏一重重
怎奈得
朝夕亂晨鐘

韶華老春容
銅駝鎖眉心
誰與共
何日偷閒看蟠龍
頭半白
雙眼亦矇矓

從《罪行》看法律的無奈

　　《罪行》① （Verbrechen） 是德國著名作家費迪南‧馮‧席拉赫（Ferdiand Von Schirach） 的名著之一。他 1964 年生於慕尼黑，1994 年起任執業律師，專責刑事案件。委託他打官司的包括達官貴人、工業鉅子、社會名流等。他的書被視為全球讀者最多的德語作品，英國《獨立報》把他與卡夫卡及克萊斯特相提並論。

　　《罪行》2009 年出版，是處女作，出版後迴響深廣、好評不輟、大放異彩。2010 年被《慕尼黑晚報》評為年度文學之星，也榮膺德國文壇重要獎項克萊斯特文學獎；在日本及台灣亦廣受讀者喜愛，曾被拍成電影《罪愛你》，獲得「巴伐利亞國際影展」最佳導演獎。

　　《罪行》裏十一個故事，反映的都是最原始的人性。誰是受害者？誰才是犯罪的始作俑者？生活中有太多無從選擇的際遇、欺壓，法律在人性的夾縫中無能為力。從法律角度來看，作者表達了這樣的意見：受害人和罪犯之間千絲萬

縷的交錯情懷，並非法律可以判斷對錯；人性的複雜，內心世界的曲折離奇，並非抽象的法律概念可以下定論。從文學角度去看，篇篇故事扣人心弦，作者以當事人的態度，深入他們的階層，了解他們的愛與恨、委屈與期望，出色描寫了人性的幽微。

正如作者自己所說：「……在這本書中，我寫的是人，是他們的失敗，他們的罪責和他們的偉大。」

在一般人認知中，法律要彰顯的是：公平與正義這樣的普世價值。《罪行》有好幾篇小說讀之令人非常難過，因為作者道出了人生許多不得已。在一些已不可能用法律去幫助當事人解決問題的層面，只好作出另類抉擇，最後也只能無奈面對法律的裁決。那種徘徊在法網邊緣的掙扎與矛盾，令人唏噓。筆者選擇以下二篇，和讀者分享。

〈費納醫師〉：刑罰是一種報復嗎？

費納在德國一個古老城市當了一輩子醫生，從沒犯事，連交通違規也沒有，做人低調。當初他認識了村姑英格麗特，她床上功夫了得，餐後引誘他，教他意亂情迷，一週內就向她求婚，即獲首肯。四個月後，她搬去與他同住。她告訴他以前有過幾個男伴，也曾懷孕及墮胎。費納沒表不滿，但她用一種金屬般刺耳的聲調要求他發誓永不離棄。費納雖有無奈之感，還是發了誓。英格麗特取上位，與他瘋狂做愛，達到高潮時，她開始打他耳光，令他呆然。

及後，他們搬到了兩房一廳的公寓，她把費納喜愛的唱片全部丟掉，令他惱怒幾天。本來費納喜歡包浩斯裝飾設計，但英格麗特卻把屋子弄至色彩繽紛，費納無奈接受；跟着，英格麗特老說很不喜歡他拿刀叉的方式，他亦只好改了。英格麗特又說他不倒垃圾，太晚回家，外面一定有其他女人。諸如此類的指責沒完沒了。不久，她又指責他太骯髒，弄皺了報紙，身體很臭，他都沒法辯駁。

這樣過了幾年，她開始侮辱他，罵他豬腦袋，對他咒罵咆哮，粗言穢語。費納累得頭髮都白了，才四十歲就一如老頭，人也瘦了很多，而英格麗特卻癡肥，有了高血壓。費納說給她找個內科醫生看看，她就拿起鍋子砸他，罵他是忘恩負義的豬。這樣的日子費納熬下來了。

到了他六十歲生日前一晚，他拿出以前的照片看，突然領悟到自己一生都是這樁婚姻的囚犯，但他一直堅守承諾，盯着鏡子中的自己，第一次哭了。費納七十二歲退休，大多時間都在園子裏做園藝，清除雜草。這天，他如常在灌木叢間鋤草，突然，英格麗特大聲罵他忘了關上客房窗戶，說他是個白癡；冰冷尖銳的斥喝，令他剎那間無法忍受，無法自控，用砍樹斧頭劈中她頭骨，她當場死去。費納幾十年來的積怨，在分割英格麗特屍身中發洩了出來，他隨即報警自首。

費納被控殺人罪，四天聆訊，幾乎一面倒同情費納醫生，每個人都為他叫屈，人們都說費納是位聖人，竟能長期承受那樣的折磨。但控方要求判刑八年，指費納可以離

婚，而忽略了費納對英格麗特的誓言——對她必須不離不棄。這件案子表面證據無庸置疑。費納是否因為長期積怨導致情緒崩潰呢？是否達到了無責任能力的程度（無責任能力是指費納行動時的精神已具嚴重障礙，因而在法律上不具刑責）？但費納醫生並沒有在庭審時這樣自辯。作者描述費納對英格麗特的愛是真誠的，也是一位對妻子遵守盟誓的男人。最後費納被判刑三年，並且可以開放式服刑。即白天可以出外工作，晚間需回到監獄去。對一位七十二歲老人來說，刑期並非最重要，他揮不掉的內疚和失落才是一生的圇圇。

這個短篇情節簡單清晰，沒有太多枝節。費納和英格麗特兩個不同性格的人物，在作者筆下娓娓道來，令讀者感到際遇的無奈，並非任何法律規範可以改變。費納對英格麗特的承諾是誓言，他是認真的，它貫穿了他的一生。在現代人看來，是有點憨直。但看證人供詞及法官判刑，幾乎是一面倒的同情費納醫生，令人不禁問誰是真正的受害人呢？費納的確犯了法，刑罰是一種報復嗎？在這案件中倒沒有人想真正施行報復呢！

〈正當防衛〉：對法律的無奈感

藍茲別格和貝克身穿迷彩褲，頂着大光頭，腳踏傘兵靴，穿上新納粹分子的夾克，晚間出來鬧事。兩人都有十多次案底，藍茲別格手持金屬球棒，在地鐵月台上大搖大擺，

早已把一眾女士嚇跑。周遭幾乎空無一人，他們用球棒敲打垃圾桶，把鐵皮垃圾桶打凹，然後坐在候車長椅背上，雙腳放在椅上，隨手把啤酒瓶丟到路軌上，在寂靜的月台上，煞是嚇人。

　　然後他們發現不遠長椅上，坐着一個四十多歲的半禿男人，戴着黑框眼鏡，看來像個小公務員，兩人冷笑一聲，似是找到了出氣對象。暴力畫面在他們腦海中不斷擴大，跟着一起朝這男人走去。貝克刻意坐在男人旁邊，對着他的耳邊打嗝，濃烈的酒臭和未消化的食物氣味直噴男人臉上，然後用言語嘲弄他，男人沒出聲，從口袋裏拿出蘋果，用袖口擦了擦，正想往嘴裏送，貝克一手拍掉蘋果，並用靴子踩爛，男人沒看他們一眼，還是低下頭來，紋絲不動。

　　兩人直覺這男人無動於衷其挑釁，貝克用食指戳男人胸膛，隨即打他一記耳光，男人眼鏡打歪了，依然不動；貝克從靴子裏抽出雙刃長刀，刀背呈鋸齒狀，在男人面前揮來揮去，男人只往前看，還是冷靜緘默；於是貝克將刀淺淺刺進男人的手，手背上冒出幾滴血，貝克瞪眼看他有甚麼反應，藍茲別格用球棒敲打男人長椅，貝克用手指沾起一滴血，在男人手上抹來抹去，並用言語繼續挑釁，男人仍無反應。

　　貝克頓時大發雷霆，在男人胸前揮舞着刀，跟着劃破男人襯衫，在他胸部劃了幾下直達二十公分的傷口，鮮血滲透襯衣。貝克舉起手準備再度攻擊，藍茲別格在旁吶喊助威，霎時，男人抓住貝克持刀的手，痛擊其右手肘內側，這一招

使刀鋒轉指貝克第三與第四條肋骨間。男人再出拳，刀子就消失在貝克胸口上，貝克還來不及弄清楚發生何事，即倒地死去。男人轉身看着藍茲別格，沒動。藍茲別格高舉球棒，正欲打來，男人已搶先痛擊其脖子，速度快得連月台監視器都留不住畫面。然後他坐下來，不再看對手。這一擊準確命中頸部動脈，令心臟停止跳動，藍茲別格倒斃月台上。男人沒有逃跑，依舊坐在那裏，等警察到來。

當作者費迪南接到律師來電，要求他代表被捕男子時，他依然不知道男子姓名及背景，來電律師也只能告訴作者，男子是他們享有特殊權利的客戶，其他一概不知。在香港，一般律師都能遵守規矩，不洩露當事人任何私隱，除非客戶透露作為求情理由的資料外，而這些資料亦只能向法庭直述。因而費迪南到達刑偵處時，刑偵大隊長亦表示此案毫無進展。費迪南單獨見該男人，他還是不吭一聲，最後他只在律師授權委託書上按了指紋，警察在他身上找不到任何身份證明文件，除了香菸外，就是萬多歐元和一張律師事務所名片。該男子衣着（包括內褲）沒有標籤，說明都是量身訂做的。

警察將他的照片及指紋發往各單位，還是沒有任何結果。費迪南和刑偵隊長查看了月台監視器，作者認為顯然是正當防衛，但刑偵隊長總覺得不大對勁，就算是自衛也有可能超出合理武力範圍，但面對手持棒球棍和刀子的兩人，該男子赤手空拳能說超乎合理武力嗎？末了刑偵隊長只好將男子交給審查庭法官②，看看是否有足夠證據起訴。審查庭

法官也同意此案不外乎正當防衛或防衛過當。

　　控方檢察官想提出羈押申請。根據德國法律，該男子違反社會秩序法第111條規定，審查官同意每個人必須提供個人資料，但它並不構成羈押的理由，況且警察拘留疑犯不得超過十二小時，而該男子被拘留已遠超此限了。如果該男子說出他是誰，會遭羈押，他當然可以保持緘默。審查庭法官仔細查問兩死者有否酒精超標，因為若是醉漢，一般人應該迴避他的攻擊。兩死者的酒精測值是千分之零點四和零點五，最後審查庭法官認為，表面證據不成立，明顯存在正當防衛情狀。雖然該男子冷靜得可怕，但也不能說是防衛過當。於是裁定駁回檢察官的羈押申請，被告立即釋放。作者步出審查庭大門時，見到刑偵隊長，原來他特意來相告，該男子被捕那天早上，警察發現另一區有一死者，也是刀子刺進心臟死亡，現場甚麼也沒留下，沒有指紋、DNA和衣服纖維，刑偵隊長認為那是專業手法，並告訴費迪南懷疑是他的當事人幹的。這看法令人震驚，毫無根據，但委實令人不快。

執法者要讓公義在目睹中執行

　　《罪行》中其他九個故事，都帶有對法律和人性關係無奈的感覺。像在〈大提琴〉的一對姊弟，姊姊知道自己承受不了弟弟的病痛折磨，親手抱着弟弟結束他的生命，也結束自己作為大提琴家的一生。法律可以對姊姊提出檢控，但這

能挽回一切嗎？能阻止悲劇的發生嗎？

〈刺蝟〉、〈棚田先生的茶碗〉這幾個故事都令讀者質疑正義是否真正存在？法律和人性的衝突如何平衡呢？〈衣索比亞人〉更說明了法律在玩弄人的命運，好人與壞人都可以是同一人。一般人以為法官、檢控官喜歡給人定罪，實則不然，他們只是因為要執行法律，假若有懷疑，就不會給人定罪，他們更重要的職責是「讓公義在目睹中執行（Let Justice be seen to be done）」。

費納醫師殺了妻子，毫不含糊地承認罪過，幾乎所有人都同情他，都希望他能免除刑責，但法律的枷鎖不能豁免。他與妻子誰才是真正受害人呢？法律懲罰的結果又是否公平？抽象的法律概念又如何界定？當事人真實處境和內心世界已不是法官、檢控官、律師所能了解的了。〈正當防衛〉給讀者帶來更震撼的感覺，人們一方面防止社會罪惡的產生，一方面因為法律的規範，又得對挺身而出的人提出檢控。作者費迪南不單闡述他處理過的案件，而且通過這些不同案件、人物道出對法律的無奈，而懲罰並不一定能改正人性的邪惡，法律只對守法者有效，像〈正當防衛〉中兩個死者，犯案纍纍，還不是一而再地犯案。筆者就曾在法庭中看到犯罪紀錄逾一百次的犯人，法律對這些人已無計可施了。法律在複雜人性的夾縫中能做的其實不多。費迪南其實也想說明，不是所有罪行都出於惡意或泯滅人性，有些是出於無奈，社會環境也令他們難脫受困命運。人在某個能承受的臨界點犯下了無法挽回的罪行，

從此一生背負有形與無形的責罰。但難道這就是法律的精神嗎？審判與定罪，真的就可維護理想、正義與有秩序的社會嗎？當社會無法保護守法市民時，當生活壓力不斷累積時，那麼犯下罪行的就可能是你和我了。

---

①費迪南‧馮‧席拉赫著，薛文瑜譯《罪行》，台灣先覺，2011 年。
②審查法庭是德國刑事司法中相當突出的制度，很像初審制度。法庭可根據表面證據來決定是否有足夠證據起訴被告，否則可以即時釋放被告。

念奴嬌

廿載烏紗

記當時

暗地試曾拂袖

長帶秋寒多是非

俯尋公義晚畫

幾番風雨

爭持頭白

憔悴君知否

五臟俱損

辛勤毒身之鴆

但覺年來逆景

時令失序

致令人消瘦

庭上冷語飄飛雪

奚落百般難受

清風不現

羈旅何為

存在難俯首

愴然一笑

前路誰放誰收

談陶龍生法律推理小說
《合理的懷疑》

《合理的懷疑》[①]作者陶龍生畢業於台灣大學，後負笈美國，先後獲哈佛大學法學院博士和康乃爾大學法學與哲學雙博士學位，曾在美國司法部工作，有二十多年法律執業經驗，曾入選「五十大傑出亞裔美國人」。

藉助自身專業素養，他創作過一系列精彩的法律庭審小說，如《證據》、《轉捩點》、《沉冤》等。從中，讀者可以正確認識法律條文的運用，明白律師如何從不同角度去解釋條文的含義，法律如何保障個人權利，並了解刑事法律正當程序實踐的過程。例如，逮捕被告時，警方應對其宣讀他應有的權利，當中包括有權保持緘默、聘請律師等，這是實踐法律與公平正義的基礎。

本書進一步解釋了刑事案的兩個法律原則：「假設無罪論」（Presumed Innocent）和「超越合理懷疑」（beyond reasonable doubt）。它們是西方刑法的基本概念，為香港

法治所一向遵從。至於疑點（doubt），一如書名所説「合理的懷疑」（Reasonable doubt）②，簡單來説就是指對一件事情的真實性所表達之理性的疑問，這種疑問並非憑空想像，無的放矢。而法律要求法庭應假設刑事案被告無辜，若要判被告有罪，控方提出的證據，必須超越合理的懷疑，否則疑點的利益自然應當歸於被告人，這並非司法不公，而是刑事法律原則受到尊重與嚴守的結果，也是保護尋常百姓的不二法則。

　　小説敍述美籍華人傑克陳，娶了韓裔女子朴良秀，不足三年，便突然因心臟衰竭死亡，其父陳川及母吳易如非常悲痛。在喪禮上，朴良秀不屑地對陳川夫婦表示，她和他們在法律上已毫無關係，更匆匆忙忙要將屍體火化，反對解剖屍體。一週後，她領取了保險金一百萬美元，便搬回與父母同住，喪禮只有她姊姊朴之秀和兩三位她的朋友參加，沒有悲傷的表情，依稀臉帶笑容。陳川夫婦對年輕兒子驟逝產生懷疑，決定報警，案件由資深警探查理接辦。由於朴良秀要賣掉房子，他倆獲准取回兒子遺物並帶走了一些紀念品，包括兒子的記事簿和左輪手槍，本來還想帶走電腦，由於熒屏及鍵盤太舊，沒有帶走。

　　他們依約見到了警探查理，向他敍述兒子才廿多歲，死前有點感冒和肚瀉而已，不可能心臟衰竭，懷疑是朴良秀殺死他。當然，缺乏具體證據，未能説服查理進一步調查死因；查理認為並非他殺，法醫在解剖前，也認為是死於自然！

一直以來，陳川夫婦都反對兒子娶韓國人。他們認為，在美韓人第二代缺乏教養，行為非常偏執，絕非受過教養的華人第二代可以對付。當得知朴良秀領了百萬保險金，及轉讓房子等行動後，陳川再找警探查理，查理仍然認為並沒有足夠證據指證朴良秀殺夫。陳川於是對查理咆哮：「……如果你們放掉她，我不會放過她，政府如果不治她，我將親手幹掉她。」為了發洩怨憤，他給朋友發了電郵，說真想親手幹掉朴良秀。陳太吳易如為了紓解丈夫的悲痛，建議和丈夫一起到賭場散心。在賭場，他倆分別在自己喜歡的遊戲機前玩耍。最後他和太太在餐廳集合，一起晚膳後回家。

翌早，查理帶警員到陳川家中調查一單槍殺案，死者正是朴良秀，他們覺得陳川最可疑，遂逮捕了他，也向他宣讀了權利，俗稱警誡（Caution）③，隨即搜查房子，帶走一大堆電腦文件。警察走後，易如整理零亂不堪的房子，隨即找律師為丈夫辯護。最初找的律師似乎一直游說他們認罪，然後再作「討價還價」（Plea bargain）④。但易如深信陳川沒有殺人，決定再找其他律師諮詢。最終找到湯姆律師樓，並獲湯姆律師和助手琴妮接待，琴妮告訴易如「假定無罪」和「合理的懷疑」的含義，說是一般刑法制度都要求庭審法院在聆訊過程中應假設被告無罪，舉證應由檢控官負責，被告無須證明自己清白，而且控方要證明案件毫無合理疑點，法院才可定罪判刑，否則應該判罪名不成立。吳易如對兩律師的取態甚感滿意，決定聘請他們為丈

夫辯護。小說在這裏提到易如擬向前任律師討回部份費用，筆者相信會有很大困難。一旦付了款項，律師便展開工作，如推掉其他工作，預留庭審時間，閱讀案情……這就很難作出退款安排了。例如，香港一般裁判法院，每天都有三至四宗聆訊，當事人的案件未必有機會當日聆訊，可能會擇日再聆訊，要重新排期（Re-fix）⑤。在這種情況下，當事人是不可能取回律師費的。事實上案件重新排期對控辯雙方都不公平，但又無可避免。

琴妮接過案件後，作了詳細分析，她認為控方的主要證據來自：

一、陳川對查理講過要親手幹掉朴良秀；

二、陳川發給朋友的郵件，表示要殺死朴良秀。但在兇案現場沒有找到彈殼，在陳川家中亦找不到兇器手槍。從一般刑案調查來說，沒有證據比被告人自己承認犯案來得更有力。琴妮想到，辯護理由最好就是能向陪審團證明；陳川講的只是負氣的話，因為陳川認為是朴良秀殺死他兒子的。琴妮也奇怪，為何傑克陳的屍體沒有解剖就匆匆發還火化。她從其他案子中想到，傑克陳感冒肚瀉服藥而引致心臟衰竭情況有可疑，有一種慢性毒藥叫砒，如果每次吃幾毫克，產生的病徵就會像感冒一樣，更有腹瀉，慢慢就心臟衰竭而死。而這種砒（三氧化砒）一般可買來稀釋作為毒老鼠藥用（CNN2008年的中國滿清歷史紀錄片裏，就認為清光緒皇帝也是被砒慢慢毒死的）。琴妮還聯想到，死者傑克陳家中電腦主機體全新，而鍵盤及熒屏卻殘舊，是否有人刻意棄掉

舊主機體？琴妮把以上兩件事連起來，判斷有人通過電腦郵購藥品後將主機拋棄。朴良秀是在電子公司工作，當然知道拋掉主機後便無法復原資料。經多番調查後，琴妮找到朴良秀曾郵購砷的記錄，時間亦剛好在傑克陳死前幾星期。於是琴妮作出了基本的辯護綱領：

一、要殺死朴良秀的話，是不滿警察沒仔細調查而負氣說的。

二、取得賭場錄影帶，證明陳川有不在場證據。

小說中多番暗示，吳易如言行舉止都對媳婦不滿，在丈夫被控殺人後，她孤軍作戰，非常淒涼，卻冷靜堅強。作者並在賭場錄影帶中埋下伏筆，錄影帶中只短時間看不到陳川，而吳易如的畫面更少，只看到像她的人影從側門中出去。由於法庭一般都不會允許天馬行空的胡亂盤問，特別是與本案無直接關係的事項，因此如何讓傑克陳的死與朴良秀的砷聯繫上，頗費周章。琴妮認為，假如能讓陪審團同情被告陳川，他們就可能在證據中側重開脫被告的理由。其實琴妮這樣做不一定有效，還可能弄巧反拙，況且法庭亦未必批准與本案無關的其他聯繫。不料，案件正式聆訊時，控方提出了新證據：兇案現場發現的汽車輪胎痕跡，與陳川汽車輪胎相似，看來陳川似是到過現場的。而琴妮在盤問控方證人時，意圖帶入朴良秀和砷的聯繫，卻無從入手。一般來說，證人作證時沒有提及的，盤問或複問都不可引入，以免聆訊沒完沒了。正當琴妮一籌莫展時，控方證人法醫官卻多說了話，他說自己驗屍的經驗豐富而

結論是肯定的，於是琴妮盤問他時切入了傑克陳之死與朴良秀的砒的聯繫。以筆者過去檢控的經驗來說，最忌的是證人口不擇言，自以為是，講多錯多，給辯方切入盤問後變得一塌糊塗。

接着，控方傳召死者朴良秀之姊朴之秀作供，她主要披露聽妹妹說她曾被一汽車跟蹤，也曾在傑克陳和妹妹家中見過一支自衛左輪手槍和子彈，聽說陳川撿拾其子遺物時把手槍一併取走了。當朴之秀說傑克陳是病死時，琴妮便切入盤問傑克陳是如何病死的……越問越深入，最後朴之秀承認大學時讀化學，但卻不知砒是甚麼，這樣她的誠信肯定被大打折扣了。而琴妮的目的已達，就是讓法官和陪審團都聽到砒，雖不能肯定卻又不能排除和這案子有關，這就是一個合理疑點。跟着朴之秀的證供都是「傳聞證供」（Hearsay）[⑥]，法庭是不應接納的。警探查理作供時亦承認現場沒搜到槍枝彈藥，不過在傑克陳放置槍枝的櫃子裏找到陳川的指紋。而這一點很容易被琴妮化解了：父親到孩子家撿拾遺物，無疑會留下指模，這都合理不過啊！警探查理作供時亦承認沒有解剖傑克陳的遺體，因為他和法醫都認為屬病死，並非中毒，是自然死亡，無須解剖。查理進一步解釋，看不出三氧化砒慢性中毒是病人死亡的原因，並沒有其他佐證證明傑克陳是遭砒毒死。當琴妮拿出朴良秀曾用電腦郵購砒的文件時，查理顯得有點無奈，說就算是朴良秀毒死傑克陳，陳川也不應該殺人報復。最後琴妮傳召賭場經理作供，證人根據錄影帶證明陳川大部份時間

都在賭場內，只有短短廿多分鐘鏡頭沒拍到陳川，而這段時間是不足以駕車到兇案現場犯案，然後再回到賭場的。

控辯雙方舉證完畢後，法官請雙方作終結辯論（香港譯作「結案陳詞」），雙方只能就法庭聆訊過的證據，作出自己一方的結論，這時是不許加入任何新的證據的。控方結論是：陳川有動機，有意圖，有計劃，又有武器，故意去謀殺朴良秀。他使用汽車和手槍，有汽車輪胎印痕及陳川在兒子家藏槍的櫃子上的指模的佐證，而他自己至少兩次說過要殺死朴良秀；賭場的錄影帶亦有缺陷，並不能證明陳川整段時間都在賭場內。辯方的陳詞則指兇器始終沒有找到，在兒子家中的指模是合情合理的，陳川在對警察及朋友表達的失言，是憤怒的情緒反應，是作為父親的反應，控方提出的證據必須超越「合理的懷疑」。美國法庭聆訊的大案，通常須由十二名陪審員全數通過，才可判被告有罪，否則，審判就流產，控方可以重新起訴或重組新的陪審團從頭開始。如果陪審團裁定罪名不成立，控方就必須停止一切檢控，陪審團的制度是防止法官個人獨斷，法官也是常人，也可能充滿主觀和偏見。客觀來說，這個制度令聆訊顯得比較公正。經過一番閉門商議後，陪審團一致裁定陳川無罪。

小說的描述十分感人，作者細說了陳川夫妻不離不棄的愛與關懷，也描寫了異族通婚帶來文化的衝擊而引致生活上的矛盾。作者文筆老到，能用簡單言語，解釋法律的深奧處。可是小說始終沒有說明誰殺死朴良秀，但從作者巧妙的闡述中，讀者可以根據蛛絲馬跡，找出真正的兇手。也許由

於要令小説峰迴路轉，有些地方就顯得有點兒矛盾了，試舉幾個例子：

一、辯方律師琴妮堅持要將傑克陳之死與朴良秀郵購砷聯繫起來，目的是讓陪審團知道陳川因媳婦殺了他兒子，說出負氣的話。但作者也許忘了陪審團因砷的問題也許有另一更壞的想法，認定那正好是陳川要殺朴良秀的理由——報仇。

二、小説裏描述警探查案過於粗枝大葉，逮捕陳川卻沒為陳川雙手作火藥測試，因為開槍後，手上會留有硝的痕跡。搜查陳川家裏時，卻沒有仔細檢查兩個高爾夫球袋，只是倒了一個出來看，另一個沒有動過，而手槍正是藏在這另一個球袋裏。這並不是探員疏忽，而是作者牽強佈局。另外對吳易如的行蹤竟然完全沒有甚麼特別的詢問，沒有安排探員對吳易如作查詢。

三、琴妮多次試圖切入盤問證人有關砷與死者朴良秀的事，每次法官都在控方反對聲中批准發問，這也與現實庭審情況不符。

四、小説安排死者姊朴之秀出庭作供，說的都是傳聞證供，理應不被接納。

雖則如此，本書仍不失為極富閱讀性的小説，很多庭上細節都有正確描述，也通過雙方律師的庭上表現，來說明一些庭審原則，讓讀者上了寶貴的一課。寫到這裏，讀者一定想知道究竟是誰殺了朴良秀，筆者根據作者的佈局，推斷兇手是陳太吳易如！理由綜合來說有三大點：

一、錄影帶有易如由側門外出的影像，其餘時間全不見她出現在賭場影帶中。

二、當夫婦從賭場坐車回家時，易如直接帶陳川往泊車處，而陳川記得初來時汽車並非停泊該處。

三、警察搜完陳川家，吳易如即匆匆檢視高爾夫球袋。到陳川獲釋回家，為準備搬家而執拾物件時，在高球袋裏發現手槍，裝有四顆子彈，兩粒完好，另兩粒是空殼。

小説留給讀者思考的地方很多，這也是陶龍生成功的地方。

---

① 陶龍生《合理的懷疑》，台北聯合文學出版社，2009 年。
② 「合理的懷疑」（Reasonable doubt），並非主觀的猜測，非胡亂的懷疑，有合理理由相信……
③ 「警誡」（Caution），是警察逮捕疑犯時應該向其宣讀可享有的權利。
④ 「討價還價」（Plea bargain），是控辯雙方作認罪的合法協議。
⑤ 「重新排期」（Re-fix），案件未獲時間聆訊，需要重新擇日庭審。
⑥ 「傳聞證供」（Hearsay evidence），非直接證供。

水調歌頭

　　9 月 23 日偕廣西南寧市中級人民法院諸位法官一行十二人，訪高等法院原訴庭阮雲道法官，並同午膳於太古廣場錦江春，膳後並獲上訴庭法官梁紹中、楊振權二位接見，對中文審訊作了廣泛意見交流，羅兆仁副院長即席邀請諸位香港法官往訪，並願作嚮導云。

　　君自西南來

　　情法兩瀟湘

　　時序天朗日清

　　知己為誰忙

　　庭院相識不斷

　　故友鱗集領首

　　罡風維港上

　　一杯長記取

　　兩地亦故鄉

　　法中情

　　任道遠

費思量

庭上光明磊落

庭外更馨香

古道蟠龍今日

情繫兩地他朝

風雨任飛翔

引杯將進酒

促膝論平章

從席拉赫小說《犯了戒》看刑求

　　費迪南・馮・席拉赫的小說常被列為「推理小說」，這其實並不十分準確。他的小說《罪行》、《誰無罪》等，都利用法思與人性的關連巧妙地傳達出「救贖」的思想，主旨對法律發出質疑。但由於作品推理性很強，那些透過法律的執行表達的對法律的疑問，往往被忽略。讀者若能進一步了解小說的張力，當不難察覺，很多評論對他的評價偏向兩極化。在《誰無罪》裏，讀者可以看到，法律之內和法律之外的善惡，操縱司法和被司法操縱等多個元素。在《犯了戒》[①]裏，他揭櫫事實和真相的差別，藉此鞭撻戰後德國司法系統的偽善；而在《罪行》中，暗示所謂罪行就是破壞法律、誓言、道義等。所以，整體觀之，把他的小說歸類在推理小說內是欠理據的。

　　席拉赫 1964 年出生於慕尼黑，1994 年成為執業律師，專司刑事案件。他曾在審理東德第一書記時擔任助理律師，

也做過君特（曾下令射殺攀過圍牆逃走者）的辯護律師，這些都使他在德國法律界名噪一時。他的小說讓讀者感到沉重而暗黑，因之幾近於絕望，但在《犯了戒》出版後，卻又讓人看到一線光芒。

小說大體可分為四個章節，主角集中在被告、控方和辯方；雖然有不同章節的描述，但故事的整體還是連貫的。

第一章故事性較強，篇幅也較長。敍述的是主角瑟巴成長的背景：父親自殺，母親改嫁，童年生活抑鬱破碎；成年後，瑟巴成了攝影藝術家。至本章結尾，他犯了戒：被指控姦殺一名少女，雖然屍體找不到，但警方用刑迫其招認。

第二、三章說明，控方自始至終都沒有找到屍體，經驗老到的辯護律師試圖找出屍體「缺席」的真相：那打電話求救後，又人間蒸發的被害女子是誰？瑟巴的「殺人」動機為何？法庭內各方看到的是「真相」還是「事實」？法庭如何評估呈堂的證供？「證供」與「真相」孰真？

最後一章，應該才是作者小說主旨所在。

前面提到，《犯了戒》評論對小說有兩極化的看法。簡單來說，主角瑟巴「安排」一宗看來似是謀殺的案子，以便證實他對藝術的一種看法，即：現實的並非一定真實。故事伊始，警察接一女子電話報案稱，有人要殺她，遂根據女子提供的線索，找到了瑟巴，在其垃圾桶內找到一件被撕爛、帶血的女性洋裝，還在瑟巴的床前發現血漬。法醫其後證明，兩處血漬屬同一女子。在瑟巴床下箱子內搜到虐待影

片、手銬、鞭子、眼罩、口塞、按摩棒和肛門鏈，法醫亦驗
證了手銬和皮鞭留有人的皮屑，與血漬一樣，也來自同一不
知名的女子。警方進一步在櫃內一個鐵盒裏面，發現全套解
剖屍體的工具：解剖刀、鉗子、開頭顱器和電鋸，也在疑犯
租用的汽車裏找到血漬，屬同一 DNA。但奇怪的是，警察
始終查不出女子的姓名、年紀，也不知她來自何地、是甚麼
身份？沒有勒索信，沒有要求贖金，也不見屍體，而疑犯家
境富裕，從未有犯罪記錄。這樣的案子令警方摸不着頭腦。

　　瑟巴在被扣押期間，接受盤問，但他總是回答不知道或
乾脆不回答。花了三個小時仍不得要領，警察終於按捺不
住，開始語帶恐嚇，軟的不行，遂用硬的。當時警員這樣對
他說：

　　　我們不再電擊、用刀片割或敲打睪丸……我們只需要
　　一條抹布和一桶水……這裏只有我們兩個，你這個痞子，
　　其他的人都在外面找那個女孩，之後沒有人會相信你，你
　　身上不會有傷，不會有疤，你也不會流血，所有的問題都
　　只在你的腦部。當然，之後你會就醫，但醫生甚麼都不會
　　發現，我的證詞會和你的相反，你根本不用想法官會相信
　　誰！你是個強姦犯，現在你得付出代價。至於我要對你做
　　的事，沒有人可以撐過三十秒，大多數人在三、四秒後就
　　投降了，你將……

　　作者沒有繼續描述下去，明眼人都看得出，瑟巴是招

認了。

　　顯然，在庭審時，檢控官會向審判長呈交被告這份供詞。要是被告沒有招認，這份供詞控方就絕對不會呈堂。事實上，世界各國的法律都規定不能刑供，疑犯回答警察盤問必須出於自願，沒有受恐嚇、誘使、利益或假設的引導，否則所說均被視為「非自願性供詞 Involuntary statement」，法庭不會接納作為證據。

　　筆者記得，在香港有小部份被告沒有招認的供詞，律師依然想呈堂作為被告方面的證據之一。如果被告一開始已經作不認罪的聆訊，筆者看不出將這份「冇料」的證供呈堂有何作用？大不了說明，被告一早就不承認自己曾涉犯案件，然而這個做法壓根兒是浪費法庭時間。在小說《犯了戒》裏，由於警方對案子毫無頭緒，刑供似乎是最後一招了。小說第 124 頁，就描述了檢控官和警員對刑供的看法，沒有人一開始就嚴刑逼供。那都是在最迫不得已下才採取的步驟。特別在遇到一些對證人、對公眾有重大危險的情況時，若疑犯矢口不認，為了爭分奪秒，拯救人質，明知不應刑供，別無他法之下還是用了。而往往，這樣套取的信息卻也真的拯救了不少被擄人質，或找到匪徒放置危險品的地方。這種刑供並不一定是用暴力虐打，很多時候是靠說理、誘供或減刑的方式套取的。控方的人員認為：「我們沒有贏，也沒有輸，我們只是在做我們的工作。」這句話也許可以表明，沒有人真正願意用嚴刑來逼供的。

　　雖然被告在供詞上招認了犯罪，但到庭審時還是可以向

法官提出那是受到嚴刑迫供而作出的。這時候，該份供詞便不可以呈堂，得由法官就該份供詞作出單項聆訊（Voire Dire 案中案）：雙方傳召證人就該份供詞作供，說明該口供錄取時的情況，再由法官裁定該份口供是否出於自願。小說裏瑟巴在庭上聆訊時，他的律師便提出反對該份口供呈堂，理由就是非出於自願（involuntary）。一般謀殺案如果被宣判無罪的話，通常都是以下幾個原因：一、在案情中殺人是對的；二、是正當防衛；三、意外使然；四、被告沒有認知能力，不知道自己做了甚麼；五、兇手另有其人；六、根本就沒有謀殺案發生。瑟巴被指謀殺的這單案中，控方的最有力證據就是，被告自認謀殺的這份供詞，如果這份供詞不被接納，整件案子就完結了。由於屍體沒有找到，甚至被殺的是誰也不知道，沒有目擊證人，如果單憑一份逼供的供詞裁定被告殺了人是非常危險的事。

但話得說回來，早前逝世的余叔紹御用大律師，也曾代表過一單找不到屍體的謀殺案，雖然為被告開脫了，但他在庭上引用過的一宗英國案子，同樣找不到屍體，被告還是被裁定罪名成立，判了死刑。死後幾年，受害人卻出現了。事實上，庭上的裁決有時也着實使人震驚。瑟巴這宗謀殺案，供詞是最有力的控方證據，法官是否接納供詞，仍需看錄取口供的警察是如何說的。警員在庭上這樣回應辯方律師的盤問，承認在接受傳媒訪問時曾經這樣說過：

想像一下，有名恐怖分子在柏林某個地方藏了一枚核

彈，預定一小時後爆炸，我們找到了這名恐怖分子，卻不知道炸彈藏在哪裏？那時我必須決定，我該拷問他以拯救四百萬人嗎？或是該袖手旁觀甚麼也不做？

　　律師引用他這段話，該警員也無話可說了。站在一般老百姓的立場上，對該警員的說法無可厚非，但刑求在所有法庭聆訊中被廢除，是因為犯人在痛苦中，在肉體不能承受的苦痛中會承認一切，那時候犯人說的都不是事實，而是刑求者希望聽到的。但假若是對一些兇悍而殘暴、缺乏人性的犯罪者，百姓又期待警察能早日破案，以保民眾安全，是否又可以刑求呢？這實在是有點矛盾的。

　　作者說警察一如悲劇英雄，這一點筆者也有同感。多年前，香港有一宗案：父親買兇欲斬親兒，教訓他，卻誤中侄兒，刀手被警察找到，供出幕後黑手，警察傳召這個父親問話，用了誘導和威迫，沒有用暴力，卻被該父親指妨礙司法公正，三名警員被判十八個月監禁，雖然後來上訴得直，但卻是在坐完牢之後了。瑟巴的律師雖然使該份供詞不被接納，但庭上的聽眾卻為這位警員鼓掌，最後法官裁定被告的供詞不足採信（法官並沒有說因為刑供）。警員的作為，從人性的角度可以理解，但刑事訴訟法對這種違法的審問方式只有一個裁決，即：被告的供詞不足採信。瑟巴會被視為從未坦承犯罪，法官也允許瑟巴發言，瑟巴遂引用行棋傀儡（即所謂機械下棋，實則機械裏面坐有一個真人代下棋），說明很多事情都建立在假象之上。法庭批准播放機械對弈

短片，到完局時，從機械後走出一名裸女，竟是瑟巴同父異母的妹妹。瑟巴這樣做，無非是想說服所有人，現實的並非一定真實，法庭裏的「真」有本質上的差異，至於找不到的所謂屍體，實際上並不存在，那些所謂 DNA、血衣、皮屑都和瑟巴妹妹的相同。而蘇格蘭方面，警局證明瑟巴妹妹其時仍在學校就讀，瑟巴透過律師說明根本就沒有屍體，那位失蹤少女就從來不曾存在，律師說明案件其實是一件裝置藝術。

代表瑟巴的律師間接指出，瑟巴這樣大費周章，也許是為了藝術。人的視覺所見，並非一定是事實的真相，而律師所說的也正好是作者席拉赫的思維，事實與真相（或者真理）是一組孿生子。他也反覆辯證，現代刑事訴訟的局限，對訴訟本身作窮究和反省。席拉赫安排了他書中主角瑟巴挑戰法庭／法律對事實與真相的鑒別力，以身試法，探求何謂真相／真實；藝術裏的真，法庭裏的真，和他自己世界裏的真區別在哪兒，刑求又是否可以達到「真」，正直的真是否可以用威逼的手段掌握到？雖然在瑟巴試圖造成的一種環境因素看來似是謀殺，但刑求還是出乎他的預設之外，因此庭訊按照自己的規則來尋找真相，重建真相，所得出的也許正是事實，卻並非真相，至少並非真相的全部。

小說的原文是德文 Tabu，中文意譯應該是「禁忌」。作者在故事中敍述了很多世俗或生活中不容的忌諱。例如瑟巴不應該以行動藝術挑戰司法制度，警察不可刑求，控方不應強行起訴等等。如果不是刑求，瑟巴的行為或許只是一場

鬧劇，因為刑求認了罪，就真的可能面對死刑了。

席拉赫的小說中，《犯了戒》最受爭議。《時代週報》書評認為，也許席拉赫根本不會說故事，這也不是一本推理小說，說是法律小說倒還切實得多。

---

① 費迪南・馮・席拉赫著，薛文瑜譯《犯了戒》，台北先覺出版股份有限公司，2014 年。

天仙子

粉嶺裁判法院已於 2002 年 7 月遷往新址，余記數年前已參與視察及商討有關律政司檢控組辦事處事宜。今喜見新址宏偉，唯舊址庭院深深，樹木遮陰，具歷史價值，亦令人懷念不已也。

金風落葉影深深

行人忐忑復浮沉

粉嶺夕陽橫秋水

且留住

總關心

持藜扶杖再登臨

草木闌珊退梳妝

舊庭飛絮盡殘黃

門外松濤聲老去

當年情

黯斷腸

北移不見行人樣

從王定國《昨日雨水》看法律界的怪現象

《昨日雨水》是相當複雜的小說，故事用很大篇幅描述法律界的怪現象，角色行為有點誇大，雖並非全部是真的，但仍不失為現實的反映，法律界人一看，定會發出會心微笑。

故事主角是個律師事務所的法務人員，他不甘女友被奪，特意到該律師樓工作，原只想找出失愛的真相後遠走他鄉，卻想不到從此墜入黑暗深淵中難以自拔。為了見心愛的女人一面，他甘心淪為掠奪者犬馬，送錢行賄，代行不法，明知法律不容，卻仍不顧一切，目的就是要找出女人離開他的原因。這點看來有點牽強，沒有人會因此鋌而走險。

作者王定國透過「我」，向讀者說明了法律界不為人知的陋習和不法行為。小說刻意以第一人稱訴說對自己失落的懊悔難受，但對他人因法律被扭曲承受的災難卻視而無睹。「我」曾經懊悔自己的靈魂不由自主，同流合污，但他只是

怪命運，詛咒命運的安排，「我」曾經這樣說：「如果司法是公正的，我想我會被原諒，然而司法的深度還不到這裏，它不會原諒我……若要衡量我的處境再來懲罰，則我不應該受到懲罰，因為愛本身無罪，愛的質地清晰透明，無法隱藏快樂或悲哀或任何傷痕。」不知道這是不是作者王定國的法律思維，但如對法律有這樣的想法，則極其危險。訴諸法律本身不一定是最公平的處事方法，但在更公平的法思出現前，存在而被引用的法律就應該是唯一的依據，這也正是法律改革委員會存在的意義。

作者曾短期任職法院書記官，對法律該有若干認識。他長時間投身建築，幾年前始重返文壇，《昨日雨水》是他第六本書，從中可看到作者有意探討新的社會議題，希望能用他的小說去救贖那些曾行差踏錯的人，包括律師在內。小說前段圍繞情感關係中雙方的付出與距離，中段貫穿法律的實踐與倫理道德，尾段提示兩性關係中採用悲劇英雄的救世主義。但司法體系是如此龐大，如此複雜，如此模稜兩可，作者單憑《昨日雨水》能否救贖社會，聽來恐怕就只能如小說尾句所說「熱淚盈眶」了。走筆至此，不想只糾纏救贖與感性之議，還是討論一下小說中段描述的法律界的陋習吧，而這些陋習，從某個角度看來，或許已觸犯律師公會和大律師的守則了。

首先讓我們看看柳蔭龍這位梟雄律師與「我」的對話，從中可以明白司法人員是啥。「我」是「萬年考生」，考了多次律師都不及格。柳蔭龍這位當紅律師這樣對他說：

笨蛋，律師哪要考，我是從法官轉職過來的，哼，你要知道，當法官只是好看啦，當檢察官嘛說好聽是文武雙全，其實不就是黑白兩道嗎？……司法體制裏的昏官太多，他們最討厭的就是聽到真心話，轉行做律師就沒有這些困擾了，畢竟律師就是做生意嘛，這世界不管好人壞人哪個不需要律師這種人，反正律師就是要幫人做一些狗屁倒灶的事……就是要把那些人搓到圓，手藝好的話，官司哪有打不贏的道理？

柳蔭龍說的倒是真話。香港回歸前也有一種制度，律師樓僱員在公司工作超過五年便可參加英國的專業考試，合格後再實習若干時候，便可成為律師，並可開設律師樓。另一方面，香港司法部也聘有一些法庭傳譯員，出任特委裁判官，處理一些輕微案件，例如小販、交通等案件。在內地改革開放前，也有一些軍人、越戰英雄，退伍後被委派為法院的副庭長等等。現在這種情況已很少見了，司法人員的任用都有嚴格規定，都必須具備專業資格。目前香港只剩下唯一的非專業裁判官，也將於明年退休。在眾多法律專業畢業生中，司法部有很多選擇，已無須聘用缺乏專業資格的法官了，唯有專業與操守良好的人士出任法官，才會廣受民眾信任和尊重。

當「我」初初偶遇心儀女孩文琦時，她還以為「我」是「圍標的海蟑螂、司法黃牛、調解委員會代表、諮詢志工、

替人搶標的仲介業或是律師事務所的業務員⋯⋯」實際生活中，法庭內外，都有律師樓的「師爺」，在兜攬生意；對某些正處於彷徨無助狀態的人來說，這也許是一盞明燈。因為真的律師，絕不會冒險在庭內招攬生意，這是違反專業守則的。司法黃牛在庭內出現也不是怪事，甚至有些本身並非律師樓的員工，也在招攬生意，然後再轉介給律師樓的師爺（或稱文員），這樣做自然是違法了。有些「師爺」有自己熟悉專用的律師，案件是否該律師擅長的訴訟，已不是考慮的因素了。部份師爺都會以律師收費多少作為是否聘用他們的主因。有些律師朋友曾多次向筆者抱怨，本來當天有案件要出庭的，突然師爺來電說當事人不聘請律師了，其實是師爺找到另一位新進律師，收費遠比他便宜，而師爺並非在替當事人「格價」，只是差額都落在師爺口袋中罷了，當事人依然被蒙在鼓裏，也不可能知悉。潛在的規則就是（briefing）收費是不會向當事人或其他人透露的，甚至法庭也無權命律師說明收費。而律師在未收到指示（也即是 briefing）前也可以不出庭的，禮貌上向法庭作書面解釋便可，最近香港裁判法庭法官因律師未有出庭（被告沒有續聘）而發出拘捕令，拘捕律師歸案就有點小題大做了。如果法官認為律師行為不稱職或無禮，大可向律師公會投訴或要求對方書面解釋，或用傳票傳召他上庭解釋，拘捕令通常只是發給觸犯刑事罪行的被告人。現在，被告人都懂得去律師公會駐庭辦事處申請當值律師服務，所以臨時轉換律師，或律師未收到「指示」而缺席的情況已經較少發生了。

小説中的「我」雖然替老闆柳蔭龍打工，他的心態卻是忐忑難平的，一時對柳律師做法非常憤怒，一時又覺得他真的蠻厲害，不失為梟雄律師。在柳代表的一單非常令人厭惡的分屍案中，「我」就有這樣的想法：「卻也很想看看他是否敗下陣來，即使他的算盤打得再精，面對深植人心的法律正義，任何頑抗者的纏鬥應該都是徒勞。」當輪到柳律師發言時，「我」又不得不佩服柳的手法，柳律師一發言即痛罵被告，又說自己看到案子也為受害人痛哭，他的突然感性，正好說明了有些律師虛情假意的一面。然後他詞鋒一轉，說法律並非用來陪葬，法律應該考慮到人性中那種自我譴責的機制，那才是最完美的法律真義，用一句平常話來說，法律不應該以眼還眼。

筆者不禁想起八十年代初在新蒲崗法庭的一宗案件，被告是一位行將退休的副署長，被控在巴士上猥瑣（露械），被告律師就曾當庭責罵被告不知廉恥，然後突然間叫被告和家人向受害少女和法官道歉，家人竟然當庭跪下致歉，場面有點震撼，但在案件聆訊進行時，律師卻聲色俱厲盤問受害人，說她看錯了，被告並沒有將褲子拉鏈打開，弄得那年輕女子差一點兒哭起來，最後還是被告定罪，但刑罰就非常輕，判被告守行為十二個月。律師的這種誇張行為，是否在被告人面前「演戲」，還是博取同情就不得而知，幸好的是，這種情況現在已不復見了。而《昨日雨水》中主角柳律師的變臉，看來遠遠超過上述律師呢！

作者王定國看來對律師有一定的認識，他把律師私生

活的背景刻畫得很細緻。柳律師背後就不止有一個文琦（「我」的前女友），還有公寓內的女人，除此之外，夜生活依然精彩，律師帶着師爺，或是師爺帶着律師到夜場消遣早已不是甚麼新鮮事，像《昨日雨水》中所説，妨礙司法的事，送錢行賄的事，教唆當事人應對的事，往往都在夜場中進行，這已不是秘密了。香港自從「佳寧案」後，審訊過程中，已經很少再有法官、主控、律師在夜場的酒吧中清談了，然而律師、師爺與當事人在夜場中討論案子依然普遍。

說到行賄，《昨日雨水》花了很大篇幅，寫柳蔭龍怎樣教他下屬法務主任「我」向有關人等送錢，疏通案情，（當然這些錢不是來自他腰包）因而他的收費變成天文數字了，讀者也應該想到了箇中關連吧！還好的是，這種送錢疏通案子的事在香港並不普遍，一來廉署監管嚴密，二來法律界人士的操守自律，還有就是政府對一般市民的教育也奏效。作者在小說裏花了很多篇幅來敍述「我」受命送錢的事，不願收錢的很少，過程倒是驚險，因為雙方爾虞我詐。不過錢送出後，很快從新聞中看到被告被保釋的有，被輕判的有，死刑改判無期徒刑的有，這種無期徒刑服刑幾年後，在人們差不多忘記案子時被假釋看病的也多的是。這就是金錢法律的力量了。

柳律師還有另一高招，他會盡量拖拉案子，就是要讓當事人暫時免服其刑，案子延誤越久，證人的記憶越淡，對被告便越有利。但拖拉案子的陋習絕對是妨礙司法公正呢！

柳律師一方面操守欠佳，另一方面卻打扮成公義的代

表，書中第 123 頁引了柳律師在研討會上的發言：「我們現在的司法，一直就是三個怪獸在主導，執政黨、新聞媒體和偏頗的社會輿論，不肖司法人員就在這些灰色地帶中混水摸魚，正派的執法者反而最可悲，良心辦案沒有一點鼓勵，反而忙昏頭出了差錯就要背負一輩子的罪名。大家都只看表面的司法，以後誰還願意認真辦案，當然那些鬼混不作為的就越來越多……」其實柳律師痛斥的正是他自己。他越發無良，找他打案的富戶就越多。他這樣對「我」說：「我看以後就專挑這種搞錢搞到出事的案子，能夠服務這種大號人物多刺激，就像在處理國家大事……有時候，我真的懷疑自己為甚麼那麼受歡迎，大概是貪官越來越多，我真他媽的供不應求……」看人接案，這也是法律行業裏不二的事實。聽聞香港最近有人搞了個網站，名叫「訴訟有門」，將律師資料、專長、收費等列出，供市民參考比較，一目了然，減少市民受誤導的危險。

《昨日雨水》是作者王定國成功的作品。作者透過小說，闡述了社會弱勢與暴戾，也透過主角「我」的掙扎來說明內心善與惡的糾纏。雖然作者在後記中說明小說裏的「我」並非作者本人的寫照，但他過往幾年的生活，卻又經常扮演着「我」的化身。筆者讀畢小說，認為作者常常為了一個忽然想到的題材或懸念便馬上動筆疾寫，小說前段子本來要寫主角「我」與文琦的愛，中段幾乎佔書本一半的篇幅卻因文琦被律師所奪，而疾筆書寫律師行業的陋習，差一點停不下筆，最後還是標榜救贖（自身的救贖），

不完整地將三人的關係化成吶喊中無望的熱淚盈眶。一如作者在後記中說的：「只有我知道這究竟是寫了甚麼。」筆者也只能這樣說，只有作者才真的知道他究竟在寫一篇愛情小說還是一篇揭露社會不公平的法律小說!?

王定國《昨日雨水》，INK 印刻·台北文學生活雜誌出版有限公司，2017 年。

天仙子

　　去年 6 月 15 日，余於珠海市與斗門縣檢察長林偉征、香洲區副檢察長葉祖懷及從深圳市特地前來相敍之王晉閩主任及周梅芳檢察官等，以茶當酒，暢談整夜，不亦樂乎哉。

河清海晏過香洲
才人尖子共相謀
法情路悄千萬頃
月窺簾
茶當酒
清風朗月上高樓

萬里高飛佔鰲頭
點檢人間解紛憂
從今許我齊肩去
煙波裏
是神州
雲台春曉為君留

化蝶
──悼亡妻

妳知道總會有那麼一天
絕望在我心中擴張
這樣離去會讓我無法呼吸
妳每一舉手投足
都會陪伴我直到往生
妳永不會從我的記憶中離去
苦與樂的思緒在時光中逆轉

跌跌撞撞的日子還好有妳
每當拖着十時廿分的身軀回來
妳總讓我感到份外的溫馨
冷風殘月中妳的關懷滿溢
便有千種風情

瞬間都點亮成陽光縷縷

千色中妳燃點亮的不單是我

一起走過的人生潮起潮落

最難忘妳帶着孩子時的笑容

喜和樂依然是那樣歷歷在目

昨日的歲月中總有我倆痕跡在一起

牽着妳與妳的嗔笑

麗港城與龍崗道上

我的心依然有年青人的雀躍

妳説妳無法左右命運

妳説妳會早我離去

妳説前世和今生欠我的一併還了

最痛的不是妳走遠了

是我不曾好好珍惜妳

誰在冥冥中撒下悲歡離合

半生的內疚將永遠纏着我

既然我們都回不到昨天

就讓夢裏糾結成永恒

三月卅一日的冰雹

沒有淹沒我對妳一生的愛

卻為妳洗淨走往天堂的路

風雨之中的另一度時空

有妳我化蝶後的纏綿

2020 年 2 月 28 日

後記

　　文學與法律是兩個不同範疇。中外小說中不乏涉及法律問題的作品，但評論家往往只注重它的情節、結構及手法，而忽略了其中對執法是否真正公平的質詢。上世紀八十年代末，英國樞密院大法官鄧寧勳爵（Lord Denning）將他的閱讀筆記結集出版（*The Leaves From My Library*），內容多是他閱讀小說時思考的法律問題。差不多同時（1988 年），被譽為「歷史上最具影響力的法學家之一」的美國聯邦第七巡迴上訴法院法官、芝加哥大學法學院教授理查‧波斯納（Richard Posner）也出版了《法律與文學》（*Law And Literature*）一書。內容除闡釋法律與文學的關係，更探討了涉法小說中的許多法律問題。這部著作，九十年代已有內地政法大學教授的中譯本問世。2010 年底，香港大學宣佈設立「文學與法律」雙學位課程，小說中的涉法環節，亦正式成了評論家重視的議題。至此，中文世界廣大讀者對這一範疇有了較多認識。

筆者早於 1987 年，在香港《第一線》週報開設「庭裏庭外」專欄，以新詩形式撰寫法庭事項；同年還應南翔教授邀請，赴深圳大學文學院講授「法律與文學」課題。2006年開始，筆者將多年來從事司法工作、閱讀涉法小說和講授相關課題時的心得，寫成系列文章陸續交香港《城市文藝》雜誌發表，其中一部份 2011 年 9 月結集為專書《法律與文學》，出版後廣受讀書界矚目；書內有些議題，如：莎士比亞《威尼斯商人》裏欠債還錢的合約精神；卡繆《異鄉人》內個人行為與定罪是否有必然聯繫等，涉及現代法治社會的要點，也引同道關注。這本《從小說看法律》可視為《法律與文學》的續編。

　　此書收文章 29 篇、新詩 29 首。文章通過評論中外小說，質疑、討論了法律公義等諸多問題，如：《格列佛遊記》中法制的烏托邦；巴爾扎克筆下法官形象顯示人們對法官腐敗的不滿；《24 個比利》嚴正討論精神病人的犯罪；《六個嫌疑犯》、《致命的審判》嚴詰罪案搜證的參差；《幫兇律師》、《死亡傳喚》揭露法律人的操守；《失衡的天平》深入挖掘法律人的情與欲；《我無罪》、《罪行》、《犯了戒》等分析審判的正反面；《昨日雨水》針砭法律界的怪現象等等話題，均發人所少發或未發，也曾獲得行內友人的不少共鳴。新詩配附於每篇文章之後，大抵可與文章相互啟發。如果這些誕生於不同時空下的詩文中觸及並討論的法思，能有助讀者加深對法治的認識，筆者會感到極大的安慰。

　　本書《從小說看法律》得以出版，筆者除衷心感謝香港

天地圖書有限公司支持外，還必須向《城市文藝》雜誌致以深切謝意。自 2006 年始，主編梅子一直力邀、催稿，筆者不敢怠慢，晃眼已執筆十五年了。書內各篇文章都先在這本文藝刊物上發表。末了，筆者要特別感謝賴素珍女士，她生前支持我寫作、協助我整理文稿，並記錄參考書籍、保存多年來的所有資料，使本書今天得以順利出版。本記之前心鑄新詩一首，冀能表達五內永念於萬一。

古 松

2020 年 2 月 28 日